Zum BUCH

Die Dämonenjäger Marcus Young und William Collister verbringen eine Nacht in der Lagerhalle, in der sich erst vor kurzer Zeit schreckliche Dinge zugetragen haben. Sie installieren eine Kamera, um die paranormalen Geschehnisse per Video dokumentieren zu können. Als Marcus in einem der Räume auf eine apathisch wirkende Frau stößt und wenig später verschwunden ist, begibt sich William auf die Suche nach ihm. Die deutlichste Spur führt ihn tief in den Wald hinein...

Währenddessen läuft unentwegt die Kamera. Und zeichnet schreckliche Dinge auf...

Zum AUTOR

Niklas Quast wurde am 7.3.2000 in Hamburg-Harburg geboren und wuchs im dörflichen Umland auf. Nachdem er eine Ausbildung zum Groß- und Außenhandelskaufmann absolvierte, arbeitet er nun in einem Familienbetrieb und widmet sich nebenbei dem Schreiben.

NIKLAS QUAST

AUF DÄMONENJAGD IM LAGER DER FINSTERNIS

ROMAN

2.Auflage 2022

Covergestaltung:
Galax Acheronian

Lektorat:
Astrid Pfister

Niklas Quast
Emsener Straße 25
21224 Rosengarten

Herstellung und Verlag: BoD – Books on Demand, Norderstedt

TWENTYSIX
Eine Marke der Books on Demand GmbH

ISBN: 9783740745110

Das Licht brach an der Schwelle zum Eingang der Lagerhalle. Stickige Dunkelheit empfing Marcus und ließ einen kalten Schauer über seinen Rücken rieseln.

»Wahnsinn«, sagte er zu seinem Kollegen William, der hinter ihm stand.

»Alleine diese Atmosphäre ist schon beeindruckend... da kann man ja fast glauben, dass wir tatsächlich Erfolg bei der Jagd haben werden.«

Er knipste seine Taschenlampe an, der Lichtkegel erhellte einen Teil der riesengroßen Halle und tauchte ihn in gelbes Licht.

»Eine Lampe reicht erst einmal«, meinte er, als er hörte, wie William seine ebenfalls anschaltete.

»Wir sollten lieber sparsam mit den Batterien umgehen. Wir werden schließlich einige Zeit hier verbringen.«

»Wie du meinst.«

William zuckte mit den Schultern und schaltete das Licht wieder aus.

»Wie spät ist es?«

Marcus schob seinen Ärmel hoch und warf einen Blick auf seine Armbanduhr.

»Es ist jetzt einundzwanzig Uhr. Wir haben also noch drei Stunden Zeit, bis es so richtig losgeht.«

Er hielt kurz inne.

»Aber wir können trotzdem schon einmal mit allem anfangen, obwohl die Aussicht auf Erfolg noch gering ist.«

»Denkst du denn wirklich, dass wir überhaupt Erfolg haben werden?«

Marcus grinste.

»Ich will es doch hoffen.«

Er hatte in seiner beruflichen Laufbahn schon viele Kuriositäten erleben müssen, doch es hatte bisher keinen Fall gegeben, in dem er tatsächlich hatte tätig werden müssen und es wirklich mit echten Dämonen zu tun gehabt hatte. Meistens waren eben diese Kuriositäten harmlose Dinge wie eine herumstreunende Katze, deren Schatten im Mondschein wie ein Lebewesen aus einer anderen Welt ausgesehen hatte, gewesen. *Doch das hier ist jetzt ein ganz anderes Kaliber,* dachte Marcus. Er hatte die Geschehnisse im Geisterhaus und in der Lagerhalle direkt mitbekommen und von da an tagtäglich in der Zeitung verfolgt. Sie hatten sich sogar vor Kurzem mit den beiden Überlebenden aus der mysteriösen Nacht getroffen: Charles Reinhart & Lauren Stark. Ihre Schilderungen waren so lebhaft gewesen, dass Marcus gar nicht anders gekonnt hatte, als ihnen zu glauben. *So etwas kann man sich einfach nicht ausdenken...* Er schüttelte den Kopf. *Solche Menschen müsste man ansonsten direkt in die Psychiatrie einweisen.* Aber selbst, wenn nur ein ganz kleiner Teil von dem stimmte, was die beiden ihm erzählt hatten, würde diese Nacht die beste seines Lebens werden. So lange hatte er schon darauf gewartet, endlich einmal etwas zu erleben, von dem er später allen erzählen können würde - was als Geisterjäger wirklich schwer genug war. Er grinste. *Dämonenjäger passt da wohl eher.*

»Lass uns das Zeug erst einmal irgendwo ablegen. Das ist nämlich ganz schön schwer«, meinte William keuchend.

Er legte die vollgepackte schwarze Tasche auf dem Holzboden der Halle ab, zog den Reißverschluss auf und kramte anschließend den Inhalt hervor. Eine Kamera, ein Stativ, einige Kabel, ein Laptop und viele weitere nützliche Dinge.

»Sieh du dich schon einmal ein bisschen um. Ich baue alles auf, damit wir am Ende auch Bildmaterial haben.«

Er tippte auf das Objektiv der Kamera.

»Alles klar«, meinte Marcus.

»Dann solltest du jetzt vielleicht doch besser deine Taschenlampe anschalten.«

»Natürlich. Ohne kann ich ja nichts sehen.«

»Ich werde mich jetzt erst einmal in Ruhe umsehen und die einzelnen Räume kontrollieren... ich habe schon einen Plan im Kopf, den ich nur noch genau umsetzen muss. Aber dank der ausführlichen Schilderungen von Charles und Lauren weiß ich schon recht gut Bescheid.«

Marcus verabschiedete sich von seinem Kollegen und schlug dann den Weg in den rückwärtigen Teil der Halle ein. An deren Ende befanden sich zwei Türen. Hinter der einen, das wusste er, würde er den Gang in die tiefe Dunkelheit finden. Er verspürte sofort ein Kribbeln am gesamten Körper. *Das Tor zur Hölle! Eine Falltür in einer gottverdammten Lagerhalle.* Mittlerweile hatte er die Tür erreicht, sie war offen, und sie führte ihn in einen kleinen Raum. Dieser sah genauso aus, wie er es aus den Erzählungen erfahren hatte: er war ein reines Schlachtfeld. Der gesamte Boden war mit zersplittertem Holz übersät, außerdem hing noch ein leichter Hauch von verbranntem Benzin in der Luft. Marcus setzte nun auch seinen linken Fuß vorsichtig auf die Holzdielen, als er plötzlich hörte, wie die Stahltür hinter ihm ins Schloss fiel. Erschrocken wirbelte er herum und rüttelte instinktiv an der Klinke, doch sie bewegte sich kein Stück. *Bin ich jetzt etwa hier eingeschlossen?* Er rüttelte noch stärker daran und trat dann sogar mit den Füßen gegen die Tür, hatte jedoch keinen Erfolg. *Scheiße!*, dachte er. *Jetzt bleibt mir wohl nichts anderes mehr übrig...* Er grinste, als er im gelben Licht die tiefschwarze Öffnung im Boden betrachtete. Darüber befand sich die Falltür, deren Holz noch Spuren von Blut aufwies. *Hier hat sich also alles zugetragen.* Er schluckte einmal schwer und drehte sich dann für einen Moment um, um den Raum noch näher in Augenschein nehmen zu können. Plötzlich hörte er ein leises Klopfen, was kurz darauf in ein Kratzen überging und immer näherkam, hinter sich. Ruckartig drehte er sich um und sah eine Gestalt aus der Dunkelheit hervorkommen. Er schwenkte den Lichtkegel in Richtung der Bewegung und entdeckte eine Frau. Im schummerigen Licht konnte er allerdings nicht viel mehr als ihre kurzen, blonden Haare und zahlreiche Verletzungen ausmachen. Sie hatte außerdem eine riesige Narbe auf der Stirn und wirkte geschockt.

»Kann ich Ihnen helfen?«

Marcus sprang auf und wagte ein paar Schritte in ihre Richtung. Sie zuckte sofort zurück.

»NEIN!«, schrie sie panisch.

»BLEIB WEG VON MIR!«

Erschrocken taumelte er zurück und stieß mit seiner Ferse gegen ein großes Stück Holz. Er stöhnte schmerzerfüllt auf.

»Ist ja schon gut«, murmelte er.

»Ich tue dir nichts, ich will dir doch nur helfen. Was ist denn passiert...?«

Sie war nun zu Boden gesackt, hatte ihre Knie angewinkelt und wippte panisch vor und zurück. Ihre Augen hatte sie unentwegt auf die dunkle Öffnung der Falltür gerichtet.

»Er... er... er hat mir das angetan!«

»Wer hat dir das angetan? Und was hat er gemacht?«

Marcus überlegte, ob er einen Notarzt rufen sollte, erinnerte sich dann jedoch daran, dass die Tür abgeschlossen war. *Hier kommt keiner mehr rein...* Er tastete seine Hosentaschen ab und seufzte vor Erleichterung auf, als er sein Handy entdeckte. Er zog es heraus, wählte Williams Nummer und wartete.

»Marcus? Was...?«

»Hör mir gut zu William, du musst dringend einen Notarzt rufen. Ich habe hier eine Verletzte gefunden... sie hat überall Wunden und ist kaum noch ansprechbar. Sie steht offenbar unter Schock.«

»Aber bei dir ist alles okay?«

»Ja, bei mir ist alles super, allerdings ist die Tür zu dem Raum zugefallen. Versuch sie mit dem Werkzeug, das wir mitgenommen haben, zu öffnen. Ich komme momentan nämlich nicht mehr hier raus. Aber ruf zuerst den Notarzt an. Und denke daran, die Kamera die ganze Zeit laufen zu lassen. Hier kann es auf keinen Fall mit rechten Dingen zugehen«, meinte Marcus, legte auf, und steckte das Handy wieder weg.

Er drehte sich wieder um und fing an zu reden, als er plötzlich stockte. Verwirrt sah er mehrmals über seine Schulter, leuchtete durch den gesamten Raum und senkte dann den Lichtkegel auf den Boden. Die Frau, die zuvor noch genau hinter ihm gesessen hatte, war auf einmal spurlos verschwunden.

Grace setzte ihren Fuß auf den moosbewachsenen Baumstamm und streckte ihre Hand aus.

»Danke«, sagte sie, als Daniel diese entgegennahm.

Er ging voraus und leitete sie sicher über den rutschigen Untergrund.

»Schau mal, da ist sie ja schon.«

Daniel deutete auf den Schatten der Lagerhalle, die nun hinter ein paar Bäumen vor ihnen aufgetaucht war.

»Wow«, meinte Grace.

»Die ist ja riesig geworden.«

Sie hob ihren Blick, und übersah deshalb einen vor ihr aus dem Boden ragenden Baumstamm. Beim nächsten Schritt rutschte sie ab, versuchte aber noch, im Moos Halt zu finden, scheiterte jedoch. Sie knickte um und fiel hart auf den Boden.

»Ahhhh!«, schrie sie.

Daniel drehte sich ruckartig zu ihr um und versuchte, ihr wieder hoch zu helfen.

»Was ist denn passiert? Bist du gestürzt?«

»Ja.«

Sie biss die Zähne zusammen und versuchte vorsichtig, einen Fuß vor den anderen zu setzen, stöhnte jedoch augenblicklich vor Schmerz auf.

»Ich bin umgeknickt. So eine Scheiße.«

»Kannst du deinen Fuß denn noch bewegen?«

Grace schüttelte den Kopf.

»Ich glaube nicht.«

»Dann zeig mal her.«

Grace krempelte ihr Hosenbein hoch und Daniel begutachtete die Stelle. Der Knöchel fing bereits an anzuschwellen, und als er ausversehen mit dem Finger darauf kam, zuckte Grace gequält zusammen und stöhnte schmerzerfüllt auf.

»Entschuldige bitte«, murmelte er.

»Lass uns am besten zu der Halle gehen und schauen, ob es dort vielleicht einen Verbandkasten oder so etwas in der Art gibt. Kannst du...?«

»Ich versuche es.«

Sie rappelte sich mühsam auf und setzte dann ihren Weg humpelnd fort. Daniel legte einen ihrer Arme auf seine Schultern, und versuchte, sie die letzten Meter hinter sich her zu ziehen. Dementsprechend waren beide zutiefst erleichtert, als sie die Lagerhalle nach fünf Minuten endlich erreicht hatten.

»Mal schauen, ob wir Glück haben.«

Daniel klopfte mit Schwung an die Stahltür, und merkte sofort, wie sich diese nach innen hin öffnete.

»Sie ist sogar offen«, meinte er.

»Dann lass uns reingehen.«

Sie betraten daraufhin die dunkle Lagerhalle und Daniel versuchte, in dem schummrigen Licht, was durch den Türrahmen fiel, irgendetwas zu erkennen. In der Dunkelheit zeichneten sich jedoch nur undeutliche Konturen ab.

»Man, ist das dunkel hier «, sagte Grace stöhnend.

»Gibt es hier denn kein Licht? Und ist hier niemand? HALLO?«

Ihre Stimme hallte durch den riesigen Bereich, in dem sie sich gerade befanden, aber es antwortete niemand. Daniel schüttelte den Kopf.

»Sieht ganz so aus, als müssten wir alleine zurechtkommen.«

Sie streckte ihre Hand aus und er ergriff sie.

»Okay«, flüsterte sie.

Sie wagten sich noch weiter auf die andere Seite der Halle zu, jeder einzelne Schritt führte sie tiefer in die Dunkelheit hinein.

»Wo führst du mich eigentlich hin?«, fragte Grace stöhnend.

»Hast du ein bestimmtes Ziel?«

»Ja. Ich denke, ich habe am anderen Ende der Halle zwei Türen gesehen. Wir sind gleich da.«

Ein paar Augenblicke später hatten sie besagtes Ende tatsächlich erreicht. Grace setzte sich sofort auf den Boden vor die Tür und streckte ihren verletzten Fuß aus.

»Scheiße. Ich glaube ich habe mir irgendetwas gerissen.«

Sie massierte sich die verletzte Stelle und zuckte vor Schmerz zusammen. Daniel versuchte währenddessen, eine der beiden Türen aufzukriegen. Die linke war versperrt, die rechte konnte er jedoch problemlos öffnen. Doch auch in diesem Raum war es komplett dunkel, es gab kein einziges Anzeichen von Licht. Daniel versuchte, sich vorsichtig durch die Dunkelheit zu tasten, stöhnte jedoch auf als er mit seinem Fuß gegen ein Stück Holz stieß. Er biss sich auf die Zunge, und versuchte verzweifelt, den Halt wieder zu finden.

»Daniel?«

Graces Stimme klang besorgt.

»Alles okay bei dir?«

»Ja, mir ist nichts passiert. Ich habe mich nur gestoßen.«

Grace lachte auf.

»Du Tollpatsch.«

Sie erhob sich mühsam und versuchte ebenfalls, in den Raum zu gelangen. Sie streckte ihre Hand aus, um sich an der Stahltür festhalten zu können, spürte jedoch plötzlich einen Ruck und wurde nach vorne gestoßen. Während sie aufschrie und auf dem harten Boden landete, fiel hinter ihr die Tür krachend ins Schloss.

»Was ist passiert?«, fragte Daniel besorgt, nachdem der Lärm wieder abgeklungen war.

»Die Tür... sie ist einfach so zugefallen und hat mich in den Raum gedrückt.«

»Ist sie abgeschlossen?«

Grace steckte ihre Hand nach der Klinke aus, erreichte diese jedoch nicht.

»Ich kann mich leider nicht bewegen... mein Fuß!«

Sie stöhnte auf. Daniel rappelte sich hoch und ging zum Ausgang.

»Ja, sie ist tatsächlich abgeschlossen. Wir sind offenbar hier eingesperrt.«

»Und es gibt keinen anderen Weg hinaus?«

Noch bevor Daniel ihr eine Antwort geben konnte, ging mit einem Mal abrupt das Licht an. Er erschrak, taumelte zurück und stieß gegen etwas, das aus dem Boden zu kommen schien.

»Was...?«

Er senkte seinen Blick und sagte dann:

»Hier ist eine Falltür.«

Als er sich danach bückte und austesten wollte, ob diese für sie zu öffnen war, meinte Grace:

»Eine Falltür. Moment mal...«

Sie kroch ein paar Zentimeter nach vorne und Daniel versuchte nun, ihr aufzuhelfen.

»Es geht schon.«

Sie stützte sich an dem Holz ab, was sie jetzt im Licht gut erkennen konnte, und stand langsam auf.

»Lass mich mal sehen...«

»Sie ist offen«, murmelte Daniel.

Unter ihnen tat sich nun ein schwarzer Abgrund auf.

»Es führt sogar eine Leiter hinunter... denkst du, dass wir dort unten einen Ausgang finden werden?«

»Ich glaube, das müssen wir gar nicht.«

Grace lächelte schwach und wirkte plötzlich erleichtert.

»Da hinten ist nämlich auch noch eine Tür.«

Daniel, der bisher nur Augen für die Falltür gehabt hatte, hob nun seinen Kopf und sah, auf was sie zeigte. An der anderen Wand des kleinen, aber aufgrund der herrschenden Unordnung sehr unübersichtlichen Raumes, befand sich tatsächlich noch eine zweite Tür. *Ist das ein Ausgang?* Daniel erhob sich, ging zu der Tür und drückte die Klinke hinunter. Tatsächlich, sie war offen!

»Grace. Die Tür ist offen!«

Sie wollte sich gerade aufrappeln, als plötzlich ein Geräusch aus der Öffnung hinter ihr kam. Sie drehte sich erschrocken um, sah aber nur noch, wie eine schwarze Hand nach ihrem verletzten Fuß griff.

»DANIEL!«

Er wandte sich sofort von der geöffneten Tür ab und warf einen Blick in die Richtung seiner Freundin.

»HILF MIR!«

Tiefschwarze Hände, die aus der Dunkelheit der viereckigen Öffnung hervorkamen, versuchten, Grace in das Loch zu ziehen. Die Hände hinterließen dabei brennende und blutende Wunden auf ihrer Haut, und sie schrie sich die Seele aus dem Leib, während Daniel sich vor Schock zunächst nicht rühren konnte. Als er wieder in der Lage war, sich zu bewegen, hechtete er sofort nach vorne und versuchte, nach Graces Hand zu greifen. Doch sie war schon fast ganz in dem Loch verschwunden, weil die Kreaturen immer weiter nach ihr griffen. Sie zerrissen ihre Hose und ihre Bluse, und Blut tropfte auf den Holzboden vor ihr.

»DAAAAANIEL!«, erklang ein letzter Schrei, bevor sie vollständig in das Loch gezogen wurde und ihre restlichen Worte von der zufallenden Falltür verschluckt wurden.

William stöpselte die letzten Kabel in den Laptop und stellte dann die Kamera in das bereits aufgebaute Stativ. Das schwache Licht der Taschenlampe half ihm nicht wirklich weiter, deshalb hatte er für die ganze Aktion auch so lange gebraucht. *Es wäre echt viel angenehmer, wenn... Wenn was? Der Sinn der Aktion ist doch schließlich die Dunkelheit. Tiefschwarze Dunkelheit.* Er erinnerte sich noch genau an Marcus' Anruf, den er vor wenigen Augenblicken erhalten hatte. Er hatte danach umgehend den Notarzt verständigt, und dieser war nun bereits auf dem Weg. Allerdings würde das wohl etwas dauern, weil die Lagerhalle ziemlich weit außerhalb lag und das nächste Krankenhaus mehr als fünfzig Meilen entfernt war. William seufzte. *In etwa einer Stunde sind wir da*, hatten sie gesagt. Als er seinen aktuellen Standort erwähnt hatte, hatte er mitbekommen, wie zögerlich die Frau am anderen Ende plötzlich reagiert hatte. *Diese verfluchte Halle...* Er warf einen Blick durch die Gegend und nahm das auf, was er im schwachen Lichtschein der Taschenlampe sehen konnte. Anschließend schaltete er die Kamera ein und betätigte die „Record"-Taste. Der Nachtsichtmodus ließ die Lagerhalle in einem weißen Licht erscheinen, William stellte sich nun direkt vor das Stativ und sagte:

»15. September 2006, 21:33 Uhr. Mein Name ist William Collister, ich bin neunundzwanzig Jahre alt und wurde in Hartford, Connecticut geboren. Ich befinde mich zurzeit in der Lagerhalle, die momentan so unheimlich viel Beachtung in den Medien findet aufgrund der schrecklichen Geschehnisse, die sich dort vor wenigen Tagen ereignet haben. Ich und mein Kollege Marcus Young sind deshalb heute auf Dämonenjagd in dieser Lagerhalle. Wir sind bereits auf ein paar Merkwürdigkeiten gestoßen, und mein Kollege ist momentan gemeinsam mit einer unbekannten, verletzten Frau in einem der Räume hier gefangen. Ich habe vor Kurzem einen Notarzt verständigt, und er wird in ungefähr einer Stunde bei uns eintreffen. Sobald es Neuigkeiten gibt, werde ich erneut ein kurzes Statement abgeben.« Er entfernte sich jetzt aus dem Bildbereich und ließ die Kamera weiterlaufen. *Was kann ich jetzt noch machen?*, fragte er sich unschlüssig. *Die Tür irgendwie öffnen, das sollte mein nächstes Ziel sein.* Er schluckte den Kloß in seinem Hals, der mittlerweile die Größe eines Felsbrockens erreicht hatte, herunter und atmete mehrmals tief durch. *Das ist noch viel verrückter als ich gedacht hatte. Definitiv eine Nummer zu verrückt für mich.* Langsamen Schrittes wagte er sich auf die Tür zu, während das Holz unter seinen Füßen leise knarzte. Zuerst klopfte er leise, wurde sich dann jedoch bewusst, dass sein Partner die Geräusche gar nicht mitbekommen würde. Er trat deshalb gegen die Tür und stöhnte auf, als sich die Wucht seines Trittes bemerkbar machte. Natürlich bewegte sich die Tür keinen einzigen Millimeter, während eine Woge des Schmerzes seinen Fuß durchflutete. *Scheiße*, murmelte er. *Das wird doch nie etwas.* Ratlos bewegte er sich jetzt von einem Fuß auf den anderen, biss die Zähne zusammen und überlegte. *Das Werkzeug. Wobei...* Kopfschüttelnd drehte sich William um und ging wieder zu der Stelle zurück, an der die Kamera weiterhin das Geschehen filmte. In der Tasche befand sich zwar noch ein kleiner Werkzeugkoffer, in dem jedoch bis auf zwei Schraubenzieher, einer Zange und einem Hammer nichts zu finden war. *Nichts, womit ich die Tür öffnen könnte. Scheiße!* Wutentbrannt warf er den Hammer auf den Boden und hinterließ dabei eine aufgesplitterte Stelle im Holz. *Was ist das denn bloß für ein beschissener Ort hier?* Er kramte sein Handy hervor und wählte die

Nummer, unter der Marcus vor wenigen Minuten versucht hatte, ihn zu erreichen. Als sein Kollege nach dem dritten Klingeln nicht abnahm, wurde er langsam nervös. Nach dem zehnten Klingeln ohne irgendeine Reaktion legte er wieder auf. Sein Magen zog sich zusammen und begann zu schmerzen. Er stand wieder auf und ging zu den beiden Türen zurück. Die rechte war weiterhin verschlossen, doch er hämmerte nun wie von Sinnen gegen den harten Stahl, hoffte so, irgendwie auf sich aufmerksam machen zu können – doch ohne jeden Erfolg. Seine Fingerknöchel fingen schon an zu schmerzen, und als er einsah, dass man auf der anderen Seite nichts hören konnte und somit auch keine Reaktion erfolgen würde, gab er es wieder auf. Mit seiner linken Hand wischte er sich den Schweiß von der Stirn. *Was soll ich denn jetzt bloß machen?* Plötzlich spürte er ein Vibrieren in seiner Hosentasche. *Das Handy! Ist das Marcus?* Erleichterung überkam ihn, als er auf das Display blickte und den Namen seines Kollegen sah. Er nahm den Anruf entgegen und sagte:

»Marcus, hör mir zu. Das Werkzeug, was wir mitgenommen haben...«

Er stockte, als er von einer Frauenstimme unterbrochen wurde.

»Entschuldigung? Mit wem spreche ich da?«

Irritiert warf William einen Blick auf das Display. Doch dort hatte sich nichts verändert. Der Name seines Kollegen blinkte weiterhin auf.

»William. William Collister.«

»Mein Name ist Grace Parker.«

William wurde nun misstrauisch.

»Grace? Von wo aus sprechen Sie?«

»Ich war in einem kleinen Raum einer riesengroßen Lagerhalle gefangen.«

Ihre Stimme brach plötzlich.

»Können Sie mir helfen?«

William schluckte. *Okay, das wird die Frau sein, von der Marcus gesprochen hat. Aber wo ist er jetzt?*

»Das Handy, von dem aus Sie telefonieren, gehört meinem Kollegen. Er müsste sich zurzeit in demselben Raum aufhalten wie Sie.«

Er machte eine kurze Pause und wählte seine nächsten Worte mit Bedacht.

»Haben Sie ihn wirklich nicht gesehen?«

Die Frau am anderen Ende der Leitung fing an zu schluchzen.

»Hören Sie auf!«

Ihre Schluchzer gingen nun in Schreie über. Ihre Stimme wurde immer tränenerstickter und undeutlicher.

William versuchte, das Gehörte irgendwie zu verarbeiten.

»Ich möchte Ihnen doch nur helfen...«

Ein letzter, undeutlicher Schrei war plötzlich zu hören, dann wurde die Verbindung unterbrochen und das Gespräch beendet. Infolgedessen rutschte William die Taschenlampe aus den schweißnassen Händen und fiel polternd auf den Holzboden. Er wischte die Finger an seiner Hose trocken und versuchte, in der Dunkelheit irgendwie zurechtzukommen. Er rüttelte erneut an der Tür, weil er einfach nicht wusste, was er sonst noch tun konnte. Er wusste nur, dass er damit keinen Erfolg haben würde. Umso überraschter war er, als die Klinke unter seiner Hand auf einmal nachgab und einen kleinen Raum vor ihm offenbarte.

Daniel zog erschrocken seine Hand zurück und hörte den Knall der Falltür noch lange in seinen Ohren nachhallen. Er versuchte jetzt mit aller Kraft, sie wieder zu öffnen, schaffte es jedoch erst nach fünf Minuten, die ihm wie fünf Stunden vorkamen. Totenstille empfing ihn aus dem schwarzen Loch unter ihm.

»GRACE?«, schrie er, so laut er konnte.

Doch es folgte keine Antwort. *Sie ist irgendwo da unten*, dachte er verzweifelt. *Ich muss unbedingt versuchen, ruhig zu bleiben und die Kontrolle nicht zu verlieren.* Doch das war angesichts der Umstände gar nicht so einfach. *Was hat sie da reingezogen? Was war das? Ich muss da auf jeden Fall runter.* Er schluckte. *Vielleicht kann ich sie ja doch noch retten. Irgendwie.* Er wagte daraufhin einen Schritt auf die erste Leiterstufe und wäre am liebsten direkt wieder umgekehrt. Im ersten Moment dachte er, das Holz würde unter seinem Gewicht nachgeben, doch diese Vermutung bestätigte sich nicht, denn wenige Stufen später hatte er bereits sicher den Boden erreicht. Es war unfassbar dunkel, und die Luft wurde mit jedem Schritt, den er sich weiter hervorwagte, stickiger. Er passierte einige Abzweigungen und folgte dabei immer seinem Bauchgefühl. *Sie kann doch nicht komplett verschwunden sein.* Der Boden bestand aus Holz, die Wände fühlten sich allerdings irgendwie hart an. *Sind die aus Stein?*, fragte sich Daniel. *Das ist auf jeden Fall nicht natürlichen Ursprungs. Der Gang ist von Menschenhand gebaut worden, und er wird deshalb auch irgendwann ein Ende haben.* Diese Tatsache ermutigte ihn und er erhöhte deshalb sein Tempo. *Bitte, lass es noch nicht zu spät sein.* Die Umgebung fühlte sich mittlerweile so an, als würde er sich in einer Sauna befinden. Ihm war so heiß, dass er sich sein T-Shirt auszog und sich fortwährend damit den Schweiß von der Stirn wischte. Schon wenige

Minuten später brachte dies jedoch auch nichts mehr, da sein T-Shirt bereits komplett durchnässt war. *Das ist ja nicht mehr zu ertragen.* Er kniff die Augen zusammen und blinzelte dann mehrmals. *Halt...* Zunächst fiel ihm auf, dass es mit der zunehmenden Wärme auch immer heller wurde. Während es am Anfang noch stockdunkel gewesen war, musste er nun die Augen gegen das gleißend helle Licht zusammenkneifen. *Licht! Das muss der richtige Weg sein.* Doch je mehr er hoffte, dass dies die Lösung war, desto unerträglicher wurde die Hitze. *Vielleicht sollte ich doch lieber umkehren.* Gerade, als ihn die Zweifel zu übermannen drohten, entdeckte er am anderen Ende des Ganges eine Tür. Aus der Ferne erkannte er, dass es sich dabei um eine Stahltür handelte. *Genau wie in der Halle.* Er schluckte mühsam den Kloß hinunter, der sich in seinem Hals breitgemacht hatte. Sein gesamter Körper begann zu zittern. *Was befindet sich wohl hinter dieser Tür?* Er erhöhte sein Tempo erneut, und hatte sein Ziel eine Minute später erreicht. Als er die Klinke anfassen wollte, zuckte er allerdings schmerzerfüllt zusammen, denn sie war glühend heiß und verbrannte ihm seine Hand. Zögernd trat er dennoch erneut vor und klopfte dieses Mal dagegen. Einige Augenblicke später... er war gerade kurz davor, einfach wieder umzudrehen... öffnete sich die Tür vor ihm überraschenderweise. Er trat langsam über die Schwelle in den angrenzenden Bereich. Nun war die Hitze kaum noch auszuhalten. Er konnte seine Augen nicht mehr geöffnet lassen, und als er sie schloss, spürte er, wie seine Augenbrauen versengten. Kurz darauf hörte er plötzlich eine Stimme – oder besser gesagt ein schwaches, kaum vernehmbares Röcheln.

»Daniel.«

Grace! Er drehte sich nach links, konnte jedoch zunächst niemanden sehen. *Moment. Von wo kam die Stimme denn überhaupt?* Hektisch suchte er mit seinem Blick die nähere Umgebung ab, konnte jedoch noch immer niemanden entdecken.

»Grace? Wo bist du?«

»Daniel. Ich... hier. Hilf mir bitte!«

Er sah kurz nach oben, wagte dann einen weiteren Schritt nach vorne, verlor aber plötzlich das Gleichgewicht. Er taumelte einen Meter weiter und fiel dann zu Boden. Noch bevor er auf selbigem landete, biss er sich schmerzhaft auf die Zunge. *Scheiße!*, dachte er. *Verdammte Scheiße!* Er hustete, spuckte etwas Blut auf den Boden neben sich und versuchte dann, sich wieder auf seine Umgebung zu konzentrieren, doch das gelang ihm nicht, denn es fiel ihm unglaublich schwer, überhaupt bei Bewusstsein zu bleiben.

»DANIEL!«

Ein erneuter Schrei von Grace erklang, der ihn seine momentane Verfassung sofort vergessen ließ. Er sprang hastig auf, hechtete nach vorne und versuchte dann, die Richtung der Schreie abermals zu orten. Dieses Mal hatte er tatsächlich Erfolg: als er seinen Kopf hob, sah er, wie ihre Füße von der hohen Decke herabhingen. Ihr Gesicht wies extrem viele Kratzer und Blutergüsse auf. Ein Großteil des Blutes, so sah es zumindest aus, war sogar noch frisch und tropfte in unregelmäßigen Abständen aus einigen offenen Wunden auf den Boden.

»Hilf mir doch!«

Daniel versuchte, sie irgendwie zu erreichen. Er sprang hoch und streckte sich, schaffte es aber trotzdem nicht.

»Ich komme nicht an dich ran!«

Sie schrie erneut auf.

»Tu doch was!«

Eine der vielen Kreaturen, die sich in dem Raum vor ihm befand, zog nun das Seil strammer, an dem sie von der Decke hing. *Was ist das nur...?* Er bückte sich, sah einen Stein auf dem Boden und schnappte sich diesen kurzerhand. Dann holte er damit aus und rammte ihn der Kreatur in den Hinterkopf. Diese ließ sofort von dem Seil ab, und Daniel versuchte, Grace irgendwie von der Decke zu holen. Er schaffte es tatsächlich, denn das Seil löste sich und er konnte sie sicher auf den Boden hinablassen.

»Nimm meine Hand. Wir müssen hier so schnell wie möglich raus!«

Er drehte sich um und wollte gerade gemeinsam mit Grace den Raum verlassen, als er nicht ihre Hand, sondern stattdessen einen unbeschreiblichen Schmerz spürte.

»Ahhhh!«

Er warf einen Blick auf seinen Arm, den er Grace entgegengestreckt hatte. Es war nur noch ein blutiger Stumpf. Sein Blick wurde rasch immer trüber und seine Sinne schwanden zunehmend. Grace lächelte kurz darauf und zeigte ihm grinsend ihre blutverschmierten Zähne. Die Wesen versammelten sich jetzt um ihn, und er war nicht mehr fähig, sich zu rühren. *Was passiert nur mit mir...?* Als sich die Kreaturen dann auf ihn stürzten, verlor er endgültig das Bewusstsein und auch das letzte bisschen Leben, was sich noch in seinem Körper befunden hatte.

Wo ist sie denn nur plötzlich hin? Marcus durchsuchte erneut hektisch den Raum, wurde jedoch nicht fündig. *Die Falltür...* Er schluckte. *Sie muss diesen Weg genommen haben.* Gerade, als er aufgestanden war und seinen Fuß bereits auf die erste Leitersprosse gesetzt hatte, sah er im Schein der Taschenlampe plötzlich eine offene Tür. *Wie...?* Es war nämlich nicht die Tür, durch die er von dem Rest der Lagerhalle getrennt wurde, sondern eine zweite, die augenscheinlich nach draußen führte. *In den Wald hinein.* Sie stand weit offen, und Marcus konnte im Dämmerlicht draußen unzählige Bäume erkennen. Von der Frau war jedoch weit und breit nichts zu sehen. Er überlegte fieberhaft. *Die Tür war eben bestimmt noch nicht offen gewesen.* Er drehte sich wieder um und warf ein Blick in die Dunkelheit des Lochs. *Wenn sie den Weg dort unten angetreten war, ist die Wahrscheinlichkeit sowieso relativ gering, dass ich sie noch finden werde. Wobei das im Wald bestimmt auch nicht anders sein wird...* Nach einem kurzen Zögern entschied er sich dazu, seine Suche im Wald fortzusetzten. Die frische Luft draußen fühlte sich einfach herrlich an, und er nahm direkt einen tiefen Zug, als er über die Schwelle trat. Der Waldboden war weich und glitschig, weshalb er darauf achtete, auf dem Moos nicht auszurutschen, was sich jedoch als recht schwierig erwies. Die Sonne war schon fast untergegangen, aber er hatte seine Taschenlampe ausgeschaltet, um im übriggebliebenen Tageslicht Ausschau nach der Frau halten zu können. *Das Licht der Taschenlampe werde ich gleich nämlich bestimmt noch brauchen.* »Hallo?«, rief er in den Wald hinein.
Doch er bekam keine Antwort. *Sie braucht dringend Hilfe. Wie hat sie es überhaupt geschafft, in den Wald hinein zu laufen?* Sie war schließlich wirklich schwer verletzt gewesen, und Mar-

cus bezweifelte, dass sie sehr weit gekommen sein konnte. *Sie müsste normalerweise noch irgendwo in meiner Nähe sein. So viel Vorsprung hatte sie auf keinen Fall. Außerdem ist der Notarzt ja schon auf dem Weg.* Er schaltete nun doch die Taschenlampe an und versuchte, auf dem Boden Ausschau nach irgendwelchen Fußspuren zu halten, und es dauerte tatsächlich nicht lange, bis er den ersten Abdruck entdeckte. Er führte allerdings ganz entgegen seiner Erwartungen noch tiefer in den Wald hinein. *Warum ist sie denn nicht in Richtung der Straße gelaufen?* Diese Tatsache wunderte ihn zwar sehr, aber er dachte sich trotzdem nicht wirklich viel dabei. *Sie steht wohl einfach zu sehr unter Schock und wollte wahrscheinlich einfach nur aus dieser Halle raus.* Dass man auf diese Weise nicht wirklich die Kontrolle behielt und automatisch seine Orientierung verlor, war Marcus durchaus bewusst. Deshalb folgte er dem Abdruck, aus dem wenige Meter später bereits eine Spur wurde. *Es muss einfach der richtige Weg sein. Wer sonst würde sich um diese Uhrzeit noch im tiefen Wald aufhalten?* Weil er darauf auch nach längerem Überlegen keine Antwort fand, erhöhte er sein Tempo noch einmal und versuchte dann, der Spur zu folgen. Nur wenige Minuten später, er hatte gerade einen Baumstamm erreicht, der mindestens fünfzig Meter in die Höhe ragte, hörte er ein Geräusch. Es handelte sich dabei zwar nur um ein leises Rascheln, aber er drehte sich dennoch sofort um und sah in die Richtung, aus der es gekommen war. Was er jetzt sah, ließ ihn erschrocken ein paar Meter zurücktaumeln und erstaunt die unwillkürlich angehaltene Luft ausstoßen. Die Frau, die er vor wenigen Minuten noch in der Lagerhalle gesehen hatte, stand nun, mit einer Axt bewaffnet, direkt vor ihm.

»Bleiben Sie weg von mir!«

Sie schwang die Waffe in seine Richtung, und Marcus duckte sich geistesgegenwärtig. Nur um Haaresbreite verfehlte ihn die scharfe Klinge.

»Ich möchte Ihnen doch nur helfen! Mein Kollege hat einen Notarzt für Sie gerufen. Kommen Sie mit mir zurück, die Sanitäter werden Ihnen mit Sicherheit helfen können.«

»NEIN!«

Sie warf die Axt nun in seine Richtung und traf dabei seinen rechten Arm. Marcus schrie gequält auf und fiel auf den Boden. Er spürte, wie sein Handy in der Hosentasche vibrierte, war jedoch nicht dazu fähig, sich zu bewegen. Der Schmerz raubte ihm fast die Sinne, und als er auf seinen Arm blickte und die klaffende Wunde sah, wurde ihm augenblicklich übel. *Sie hat mich getroffen. Was ist nur mit ihr los?* Das Letzte, was er spürte, war das erneute Vibrieren seines Handys und ein harter Schlag gegen die Stirn, der kurz darauf folgte.

William setzte behutsam einen Fuß über die Türschwelle und betrat dann den Raum. Darin herrschte ein einziges Chaos: herausgerissene Dielenbretter und zersplittertes Holz lagen überall auf dem Boden. *Was ist denn hier passiert?* Er wagte vorsichtig noch einen Schritt nach vorne, und setzte dann auch seinen zweiten Fuß in den Raum hinein. Er versuchte, sein Gleichgewicht zu halten, indem er sich an der Wand zu seiner rechten abstützte. *Scheiße...* Dort auf dem Boden, direkt vor seinen Augen, befand sich eine Falltür. William konnte sie überhaupt nur erkennen, weil sie geöffnet war. Aus dem Inneren empfing ihn nichts als tiefschwarze Dunkelheit. *Moment mal.* Er drehte sich noch einmal um und hob dann wieder seinen Blick. *Wo kommt denn das Licht auf einmal her?* Es war ihm zuerst gar nicht aufgefallen, aber wenn er genauer darüber nachdachte, hatte er sich von Anfang an in dem Raum umsehen können, obwohl es eigentlich gar kein Licht gegeben hatte, außer dem gelben Kegel seiner Taschenlampe. *Die Tür.* William folgte dem Licht und erkannte nun, dass es von außerhalb kam. *Sie ist offen...* Er durchquerte hastig den kleinen Raum, ohne auf weitere Details zu achten. Das Chaos erschwerte ihm den Weg, und er versuchte, krampfhaft sein Gleichgewicht zu halten. Unversehrt erreichte er ein paar Sekunden später das andere Ende des Raumes, öffnete die angelehnte Tür und trat ins Freie. Der Wald, der sich direkt hinter der Lagerhalle erstreckte, wurde vom letzten Tageslicht erleuchtet. *Es wird langsam dunkel,* dachte William. *Ich werde die Taschenlampe wohl bald auch hier anschalten müssen.* Ein kühler Wind war aufgezogen, und William spürte, wie sich sein durchgeschwitztes T-Shirt von der Haut hob. Er atmete mehrmals tief durch. *Man könnte diesen Abend fast genießen, wenn da nicht all diese grauenvollen Din-*

ge wären. Er richtete seinen Blick nun wieder nach oben und setzte seinen Weg in Richtung Wald fort.

»Marcus?«

Er hörte, wie seine Stimme durch den Wald hallte, bekam aber keine Antwort. *Wo ist er nur?* Marcus musste durch diese Tür verschwunden sein, denn sie war geöffnet gewesen, und eine andere Fluchtmöglichkeit hatte es nicht gegeben. Die Sonne ging derweil langsam unter, es würde nicht mehr lange dauern, bis es komplett dunkel sein würde. William warf einen Blick auf seine Uhr. Es war 21:49 Uhr. Es war jetzt etwa zwanzig Minuten her, dass er mit dem Notarzt telefoniert hatte. *Also dauert es noch, bis die hier ankommen...* William überlegte fieberhaft. Obwohl er wusste, dass Warten nicht in Frage kam, dachte er doch zwangsläufig über diese verlockende Option nach. *Marcus wird bestimmt nicht ohne Grund einfach so in den Wald gegangen sein, und genau deswegen muss ich ihm auch folgen.* Auch, wenn sein Kollege vorhin in dem Raum gefangen gewesen war, war William sich sicher, dass Marcus einen guten Grund gehabt haben musste, um den Raum zu verlassen und in den Wald hinein zu gehen. *Wir sind schließlich heute hierhergekommen, um die Lagerhalle zu erforschen, und herauszufinden, was es mit diesen Dämonen auf sich hat. Es muss also irgendetwas passiert sein...* Und dass er noch dazu nicht einmal die Möglichkeit hatte, seinen Kollegen per Handy zu erreichen, zeigte ihm, dass hier etwas ganz und gar nicht stimmte. *Aber was, wenn...?* William geriet erneut ins Grübeln. *Wenn die Geschehnisse tatsächlich stimmen, die uns Charles und Lauren erzählt haben, dann gibt es in diesem Raum noch eine andere Möglichkeit...* Plötzlich erinnerte er sich wieder an die lebhaften Schilderungen, die sie von den beiden erhalten hatten. *Die Fall-*

tür! William schluckte. *Der Eingang in die unterirdische Hölle.* Genauso hatten die beiden Überlebenden diesen Gang genannt. *Eine unterirdische Hölle.* Auch, wenn es sich für ihn anfangs verrückt angehört und er seine Zweifel gehabt hatte, glaubte er den Worten jetzt doch bedingungslos. *Es war eine scheiß Idee gewesen, das Ganze hier zu machen,* wurde ihm jetzt bewusst. *Dieser Ort ist einfach nicht dafür bestimmt, von Menschen aufgesucht und betreten zu werden.* Charles Reinhart und Lauren Stark hatten alles getan, um sie von ihrem Vorhaben abzuhalten, doch als William den Glanz in den Augen von Marcus gesehen hatte, hatte er instinktiv gewusst, dass ihn nichts auf der Welt davon würde abbringen können. Und er verstand seinen Kollegen jetzt mehr als je zuvor. *Es ist schließlich sein Lebenstraum. Er hat es als einmalige Chance gesehen, was es im Grunde ja auch wirklich ist. Wenn wir die Nacht erst einmal überstanden haben, bin ich auf die Aufnahmen der Kamera gespannt.* Wenn sein Kollege ihm nicht gerade einen riesengroßen Streich spielte, dann *konnte* es hier einfach nicht mit rechten Dingen zugehen. *Und das würde er garantiert niemals machen. Dazu ist sein Glauben viel zu tief in das Paranormale verwurzelt. Er würde sich niemals selbst so hintergehen und das Ganze als bloßen Scherz darstellen.* William hatte mittlerweile die ersten Bäume des Waldes erreicht. Sie erstreckten sich hoch in den Himmel hinauf, und der moosige Boden war übersät mit Tannenreisig, Blättern und Ästen.

»Marcus?«

Er rief erneut nach seinem Kollegen, hatte jedoch immer noch keinen Erfolg. *Wo steckt er denn nur? So groß ist der Wald doch nun auch wieder nicht.* Es war mittlerweile schon dämmerig geworden, weshalb William die Taschenlampe anknipste. Der gelbe Lichtkegel erhellte die Umgebung, und er konnte sich direkt wieder besser orientieren. Er folgte seinem Instinkt und hob ab und zu seinen Blick, um nicht gegen irgendetwas gegen zu laufen. Es stellte sich aber als ganz schön schwer heraus, auf dem ungleichmäßigen Boden das Gleichgewicht zu halten. Außerdem erschwerten die Äste sein Vorankommen teilweise erheblich. Ein paar Minuten später, gerade dann, als er überlegt hatte, ob es nicht besser wäre, wieder umzukehren und seine Suche in dem unterirdischen Teil der Lagerhalle fortzusetzen, vernahm er einen Schrei. *Marcus!* Er hatte die Stimme sofort erkannt. Doch sie schien aus einer ganz anderen Richtung zu kommen... *Nur von wo genau?* William blieb stehen, und versuchte, in die sich nähernde Dunkelheit hinein zu lauschen, doch es blieb bei diesem einen Schrei. Es hatte sich so angehört, als würde sein Ursprung meilenweit entfernt liegen. *Scheiße!* Er trat gegen den Baumstamm, an den er sich zwischenzeitlich gelehnt hatte. *Ich muss dorthin.* Er ging nun wieder zurück in die Richtung der Lagerhalle, um den anderen Weg einschlagen zu können. Dieser war deutlich einfacher zu gehen, und William wunderte sich, dass er nicht schon zuvor auf diese Fährte gelangt war. Als er seinen Blick zu Boden senkte, sah er auf einmal eine Spur. *Ist das Blut?* Sein Herzschlag beschleunigte sich sofort. Er bückte sich, und nahm die vereinzelten, dunklen Tropfen auf dem Moosboden noch näher in Augenschein. Es konnte sich dabei nur um Blut handeln, und die Tropfen waren noch frisch. *Ich muss jetzt unbedingt die Ruhe bewahren. Das sind nur ein paar Tropfen. Aber wo sind Marcus und Grace hin?* Dass die beiden sich zurzeit gemeinsam irgendwo aufhielten, stand für ihn außer Frage. *Und Grace scheint irgendwie verrückt zu sein. Wer weiß, was sie ihm angetan hat. Dieser Schrei...* Er erhöhte sein Tempo und wurde noch einmal deutlich schneller. Jetzt hatte er instinktiv das Gefühl, dass er der richtigen Spur folgte. Wenige Meter später entdeckte er erneut ein paar Tropfen. Der Weg führte jetzt geradewegs auf eine Lichtung zu. Die Bäume wurden immer spärlicher und gaben dann eine Wiese frei. Mittlerweile war es so dunkel geworden, dass eine Orientierung ohne Taschenlampe zunehmend schwerer wurde. William beugte sich nach vorn, und versuchte, zu erkennen, was sich hinter der Lichtung befand. Sein Atem stockte, als er auf einmal die Schatten von vier Körpern in der Nähe eines Feuers wahrnahm. Er schaltete die Taschenlampe hastig aus, warf sie auf den Boden und schlich sich dann vorsichtig an die Personen heran.

[°REC][09/15/2006, 21.55]

Der Nachtsichtmodus der Kamera tauchte die tiefschwarze Lagerhalle in weißes Licht. Etwas entfernt war zu sehen, wie William Collister den Raum betrat, der sich an den Hauptteil der Lagerhalle anschloss. Es war komplett still. Das Bild flackerte. Der Raum war riesig. Am Ende von dem Gebäudeteil, in dem sich William Collister befand, waren mehrere meterhohe Regale zu erkennen, die die Sicht teilweise versperrten. Außerdem waren noch überall Spuren von der mysteriösen Nacht vor zwei Wochen zu sehen. An einigen Stellen hing sogar noch Absperrband von der Polizei, und Blut säumte den Boden. Es war eindeutig zu sehen, dass hier etwas Schreckliches passiert war. Doch was genau geschehen war, das wusste keiner. Zu dem Flackern auf dem Bild gesellte sich nun auch noch ein Rauschen, und die Stille wurde auf einmal von einem lauten Knall durchbrochen. Es handelte sich dabei um die zufallende Tür, die Willam Collister in den grausamen Raum eingesperrt hatte. Eine Tür aus so dickem Stahl, dass ohne die nötigen Schlüssel keine Chance bestand, sie wieder zu öffnen. Die Dielenbretter knarzten, zumindest die, die noch übriggeblieben waren. Viele der Regale waren verbrannt, außerdem roch es in der gesamten Halle immer noch nach Feuer, nach Benzin, und nach Tod. Ja, dieser Geruch hatte sich in alle Poren hineingesaugt und würde dort auch niemals wieder verschwinden. Er war an diesem Ort allgegenwärtig. Ein Rauschen und ein Flackern folgten. Das Bild wurde langsam immer undeutlicher, und das Licht der Kamera ließ nach. Oder... war es doch etwas anderes? Die Sekunden der Aufnahme liefen weiter, gingen in Minuten über. Es passierte überhaupt nichts. 21.56 Uhr... 21.57. Doch dann plötzlich, genau bei Sekunde 36, öffnete sich langsam die Stahltür. 37. 38. 39. 40. Ein Fuß war nun zu sehen. Die Person, der dieser Fuß gehörte, setzte jetzt auch ihren zweiten in die Lagerhalle. Zuerst war nicht mehr als eine dunkle Gestalt zu sehen, die sich langsam aber sicher auf das Stativ der Kamera zubewegte. Das Bild rauschte jetzt immer mehr und wurde noch unschärfer. Die Person schien ihr Ziel offenbar fest im Auge zu haben, obwohl sie irgendwie... anders... wirkte. 52. 53. 54. 55. Zielsicher ging die Person immer weiter. Je näher sie der Kamera kam, desto mehr Details waren von ihr zu erkennen. Die Hose war komplett zerfetzt und blutverschmiert. An einigen Stellen war darunter die nackte Haut zu sehen. Blutergüsse... Knochen. Die Person sah definitiv nicht mehr so aus, als ob sie am Leben wäre. Ein tiefer Kratzer zog sich über den gesamten Oberschenkel, und das Blut war teilweise schon verkrustet. Das schwarze T-Shirt mit der Aufschrift „Live free or die" hing der Person nur noch in Fetzen vom Körper. Über dem Brustkorb war eine weitere, offene Stelle zu erkennen, ein ungefähr fünfzehn Zentimeter langer Schnitt. Blut rann aus der Wunde und lief wie ein Wasserfall über den halbnackten Oberkörper, dem der rechte Arm komplett fehlte. Das Blut tropfte stetig auf die Dielenbretter der Lagerhalle und ließ dort eine Spur entstehen. Als die Person das Stativ der Kamera fast erreicht hatte, war auch die Vorderseite des Kopfes zu erkennen. Um ein Gesicht handelte es sich dabei eigentlich nur noch mit viel Fantasie. Überall war Blut. Die Zähne sahen spitz und scharf aus, und die Haut war komplett schwarz. Sie wirkte fast wie... verbrannt... wie Kohle. Und dort, wo einmal die Augen gewesen waren, befanden sich bloß noch leere ausgekratzte Höhlen. Ein leichtes, teuflisches Grinsen zeichnete sich nun auf dem Mund der Kreatur ab. Es war gar nicht so einfach zu erkennen, doch einige Details, unter anderem das T-Shirt und die Hose, ließen nur einen Schluss zu: es konnte sich bei der Gestalt, deren Gesicht so komplett entstellt war, nur um Daniel Jenkins handeln. Er hatte offenbar einen Weg aus der Hölle herausgefunden, sein Instinkt hatte ihn durch die dunklen Gänge in den oberen Bereich der Lagerhalle geführt.

[■ STOP] [09/15/2006, 21.59]

Daniel griff jetzt nach der Kamera, riss sie aus dem Stativ, biss die Kabel, die in den Laptop führten, mit seinen scharfen Zähnen durch und warf das Gerät anschließend mit aller Kraft gegen die Wand der Lagerhalle. Das Display zersplitterte daraufhin, die Speicherkarte fiel auf den Boden und rutschte unter eines der aufgebrochenen Dielenbretter. Als Nächstes warf die Kreatur nun auch noch den Laptop gegen die Wand, der Bildschirm löste sich von der Tastatur und zerbrach in viele Einzelteile. Das Glas zersplitterte und landete ebenfalls auf den Holzbrettern. Daniel Jenkins lächelte zufrieden. Das Stativ flog in hohem Bogen durch die Halle und zerbrach beim Aufprall gegen die Stahltür. Der Wasserfall aus Blut hatte bereits eine Pfütze unter seinen Beinen gebildet. Das kümmerte ihn jedoch überhaupt nicht, denn er verspürte mittlerweile keinerlei Schmerzen mehr. Er hatte seinen Job erledigt. Zufrieden grinsend wandte er sich wieder ab und trat seinen Weg in den Raum an, aus dem er erst vor wenigen Minuten gekommen war.

»LASS MICH LOS!«

Madison versuchte verzweifelt, sich zu befreien, doch sie hatte keinen Erfolg damit. Kasey war schneller, er wickelte das Seil so fest um ihre Hände, dass es in ihr Fleisch schnitt. Tränen stiegen ihr in die Augen und liefen ihre Wangen hinunter.

»Bleib ganz ruhig, dann werde ich dir auch nicht wehtun.«

Kasey riss einen Streifen schwarzes Klebeband ab und klebte ihn über ihren Mund. Madison war nicht mehr in der Lage, sich zu rühren. *Warum habe ich ihn überhaupt reingelassen?*, fragte sie sich. *Warum habe ich dieses gottverdammte, perverse Arschloch überhaupt reingelassen?* Sie spürte plötzlich einen unbändigen Hass auf ihren ehemaligen Freund. Sie hatte sofort gewusst, dass irgendetwas nicht stimmte, hatte ihre Gefühle jedoch komplett ignoriert. Die Beziehung zu Kasey war damals in die Brüche gegangen, weil er irgendwann komplett die Kontrolle über sich verloren hatte. Er hatte nahezu täglich Wutausbrüche bekommen, und Madison hatte darunter leiden müssen. Vor einem halben Jahr war sie endlich so weit gewesen, einen Schlussstrich unter die ganze Sache zu ziehen. Und sie war froh, dass sie es getan hatte, denn ihr Leben hatte sich danach sofort spürbar verbessert. Sie hatte nichts mehr von Kasey gehört, bis er plötzlich heute Abend mit einem Strauß Blumen vor ihrer Tür aufgetaucht war. Er hatte komplett verändert gewirkt, und wollte sich nach eigenen Angaben nur für die Geschehnisse von damals entschuldigen. *Und ich blöde Kuh habe ihm auch noch vertraut.* Sie schrie, so laut sie konnte, doch das Klebeband schien jeden einzelnen Ton zurückzuhalten und nichts nach außen dringen zu lassen. Das Ganze war jetzt etwa fünf Minuten her. Seitdem hatte er versucht, sie zu fesseln und sie aus der Wohnung zu schleifen. *Was hat er nur mit mir vor?*

»Du sollst ruhig bleiben, verdammt!«

Er schlug ihr mit der flachen Hand brutal ins Gesicht. Sie stöhnte vor Schmerz auf.

»Ist dir das klar?«

Sie nickte widerwillig und spürte erneut die Tränen an ihrer Wange hinunterlaufen.

»Gut, dann komm jetzt endlich mit.«

Er zog sie unsanft auf die Füße. Sie keuchte.

»Was hast du vor?«, versuchte sie durch das Klebeband zu schreien und merkte selbst, wie undeutlich sie dabei klang.

Aber Casey schien genau zu wissen, was sie fragen wollte – auch, ohne sie verstehen zu können.

»Ich werde ein stilles Örtchen suchen, an dem wir beide ganz für uns alleine sein werden. Das wäre doch was, oder?«

Was hat dieser Mistkerl bloß vor? Madison schluckte schwer. *Will er mich vergewaltigen?* So weit war er bisher niemals gegangen, aber sie würde es Kasey mittlerweile durchaus zutrauen. Er zog sie hinter sich her und schleifte sie durch die Tür ihrer Wohnung. Sie konnte und wollte nicht schreien, denn sie hatte unfassbar viel Angst, weil sie genau wusste, zu was Kasey im Stande war. *Ich muss irgendetwas versuchen. Wobei...* Wenn etwas schiefgehen sollte, das wusste sie, dann würde es schlimme Konsequenzen geben. *Es muss etwas sein, bei dem ich mir todsicher bin. Und... das gibt es einfach nicht.*

»Wenn du dich irgendwie bemerkbar machen solltest«, murmelte Kasey.

»Oder du tatsächlich versuchen solltest, zu fliehen, dann war das das Letzte, was du jemals in deinem Leben getan hast.«

Als Madison nicht direkt antwortete, schlug Kasey ihr erneut ins Gesicht.

»Hast du verstanden?«

Den Schmerz empfand Madison mittlerweile als halb so schlimm, es war die Demütigung, die ihr letzten Endes die Tränen in die Augen trieb. *So kann er doch nicht mit mir umgehen!* Zu dem Schmerz gesellte sich nun auch noch rasende Wut. *Das wird er noch bereuen!* Als sie sich jedoch ihrer Situation erneut bewusst wurde, verlor sie sämtliche Hoffnung. *Er hat mich in seiner Gewalt. Ich kann jetzt nicht an Rache oder Ähnliches denken... Ich muss erst einmal versuchen, heil aus dieser Situation herauszukommen. Das wird angesichts der Umstände sowieso schon ziemlich schwer werden.* Sie folgte Kasey die Treppenstufen hinunter. *Hoffentlich bemerkt uns keiner.* Sie wollte nämlich niemanden mit in diese Sache hineinziehen und gefährden. Doch plötzlich, als sie das Treppenhaus bereits durchquert hatten und vor der Haustür standen, hörte Madison ein Geräusch. *Da ist jemand. Scheiße!* Auch Kasey bekam sofort mit, dass sie nicht mehr alleine waren, und drehte sich hastig um.

»Madison?«

Die Stimme kam ihr nur allzu bekannt vor. Sie stöhnte leise auf. Es handelte sich dabei um Derek. Derek war Student an derselben Universität wie sie und hatte schon seit gewisser Zeit ein Auge auf sie geworfen. Madison hatte ihn immer sympathisch gefunden, doch als er vor einiger Zeit begann, ihr nachzustellen, hatte sich das schnell geändert.

»Halts Maul.«

Kasey drehte sich zu Derek um. Er ließ Madison los und ging stattdessen auf ihren Beobachter zu.

»Halt, was ist...«

Ein lauter Schrei folgte. Madison schrie ebenfalls gedämpft auf, stand wie vor Schock gelähmt da und beobachtete die grauenvolle Szenerie. Kasey hatte sich auf Derek gestürzt und ihm das Messer tief in den Brustkorb gerammt. Blut lief aus der Wunde auf den Boden und sammelte sich zu einer Pfütze vor seinen Füßen. Seine Augen hatten schon nach wenigen Sekunden einen leeren, ausdruckslosen Blick angenommen.

»Das passiert, wenn sich mir jetzt jemand in den Weg stellt!« Kasey trat gegen den Kopf des toten Studenten.

»Der wird so schnell kein Tageslicht mehr sehen. Und jetzt lass uns verschwinden, bevor uns noch mehr Leute sehen.«

Madison folgte seinem Befehl hastig, obwohl sie wusste, dass sie jetzt viel Zeit hatten, denn das Mietshaus besaß nur drei Wohnungen. In der einen wohnte sie, in der anderen Derek und in der dritten ein älteres Ehepaar mit dem Nachnamen Smith, die sich jedoch zurzeit im Urlaub befanden. *Zum Glück*, dachte sie. Sie betraten nun die verlassene Straße. Kasey hatte direkt gegenüber geparkt. Als sie das Auto erreicht hatten, öffnete er den Kofferraum und sagte:

»Los, klettere da rein.«

»Du kannst doch nicht...«

Die Wortfetzen hatten noch nicht einmal vollständig das Klebeband hinter sich gelassen, als Madison erneut einen scharfen Schmerz spürte. Kasey hatte sie schon wieder geschlagen, und dieses Mal fester als je zuvor.

»Geh in den Kofferraum, und zwar sofort.«

Die Wut überwältigte Madison jetzt förmlich, doch sie wollte sich nicht noch weiteren Ärger einhandeln und folgte deshalb widerwillig seinem Befehl. *Zumindest für den Moment habe ich verloren.* Sie legte sich in den Kofferraum, und betrachtete im Licht der Laterne die anderen Dinge, die sich darin befanden. Ein Seil, eine Schaufel, ein Eimer und ein Kanister, vermutlich mit Benzin gefüllt. Bei diesem Anblick wurde ihr mulmig. *Was hat er bloß vor? Hat er das hier etwa alles genau geplant...?* Kasey schlug kurz darauf bereits die Kofferraumklappe zu und ließ Madison alleine mit ihrer Angst im dunkeln. Sie lag auf der Seite und versuchte stöhnend, sich in eine annähernd bequeme Position zu begeben. *Am besten auf den Rücken.* Sie wälzte sich herum und ächzte, als sie mit ihrem Kopf gegen die Schaufel stieß. Doch sie wollte dem Schmerz nicht nachgeben und sich nicht von ihm überwältigen lassen. Das Seil schnitt erneut tief in ihre Handgelenke, und als Kasey den Impala startete, ging ein Ruck durch den gesamten Kofferraum. *Wo bringt er mich nur hin? Was zur Hölle hat er vor?* Madison konnte sich zwar schon denken, was er geplant hatte, wollte diesen Gedanken jedoch auf keinen Fall akzeptieren. *Bitte, lass ihn noch zur Vernunft kommen. Herr im Himmel.* Sie betete ein stummes Gebet und ließ sich dann wieder ganz auf ihre Situation ein. Sie zog an den Fesseln, und versuchte auf diese Weise, wenigstens eine Hand frei zu bekommen, damit sie das Seil lösen können würde, hatte damit jedoch keinen Erfolg. Mit jedem Versuch, den sie startete, wurden die Schmerzen nur noch größer. Die Wunden, die das Seil hinterlassen hatte, brannten wie Feuer. Sie schluchzte hemmungslos und versuchte, durch den Mund zu atmen, kam jedoch nicht gegen das Klebeband an. Nun konzentrierte sie sich darauf, durch die Nase zu atmen, was ihr jedoch ziemlich schwerfiel. Der Impala holperte über jede kleine Unebenheit im Asphalt, und jedes einzelne Mal stieß Madison mit dem Kopf gegen den Kofferraumdeckel. Sie hatte ihr Zeitgefühl in der Dunkelheit komplett verloren, und konnte deshalb nicht sagen, wie lange sie schon im Kofferraum lag. Ihre Glieder schmerzten, doch sie wusste, dass sie sich damit abfinden musste. *Hoffentlich sind wir bald da. Wobei...* Wenn sie genau überlegte, war es ihr eigentlich viel lieber, das Ziel niemals zu erreichen. *Lieber sterbe ich hier im Kofferraum als dass dieses perverse und kranke Arschloch mich anfasst.* Ihre eigenen Worte gaben ihr zumindest ein stückweit ihre Sicherheit zurück, auch wenn diese nur Schein war. *Ich bin hier alles andere als sicher. Ich befinde mich gerade in Lebensgefahr.* Sie merkte, wie ihre Gedanken erneut abdrifteten, und versuchte deshalb krampfhaft, sich wieder auf die Realität zu konzentrieren. Der Boden unter ihrem Rücken war hart und unbequem. Sie zog die Beine näher an ihren Körper heran und versuchte auf diese Weise, sich etwas von der Stelle zu bewegen. *Die Schaufel!*, kam es ihr plötzlich in den Sinn. *Vielleicht kann ich damit ja die Fesseln durchtrennen!* Neuen Mutes drehte sie ihren Kopf, um festzustellen, ob sie in der Dunkelheit die Schaufel sehen konnte. Fehlanzeige. *Aber... ich habe mir doch eben noch den Kopf daran gestoßen. Weit weg kann sie also nicht sein. Aber wie soll ich sie zu fassen bekommen?* Sie bäumte sich auf und schaffte es, etwa zehn Zentimeter weiter in Richtung Innenraum zu rutschen. Als sie etwas Kaltes und Hartes an ihrer Stirn spürte, wusste sie instinktiv, dass es sich dabei nur um die Schaufel handeln konnte. Erleichtert atmete sie durch das Klebeband um ihren Mund herum tief ein und aus. *Der erste Schritt ist also schon einmal geschafft. Jetzt muss ich nur hoffen, dass Kasey nichts davon mitbekommt, und, dass wir noch eine lange Fahrt vor uns haben.* Je länger sie fuhren, das wusste Madison, desto größer war ihre Chance, die ganze Sache am Ende überleben zu können. Sie hätte dann nämlich mehr Zeit, sich einen Plan zurechtlegen zu können, den sie allerdings vorher extrem gut durchdenken musste. Sie biss die Zähne zusammen und versuchte dann, das Klebeband mit der Zunge von den Lippen zu lösen. Das stellte sich jedoch als unmöglich heraus. Egal, was sie auch probierte, das schwarze Stück Band bewegte sich gefühlt keinen Zentimeter von der Stelle. *Dann muss ich es wohl irgendwie mit den Händen versuchen...* Sie zog jetzt erneut so fest sie konnte an dem Seil und riskierte weitere Schmerzen, hatte schließlich aber zumindest einen kleinen Erfolg. Denn sie bekam ihre Hände ein Stück nach oben, und konnte nun fast das kalte Blech der Schaufel erreichen. *Bitte, lass es klappen!* Gerade, als sie sich daran zu schaffen machen wollte, trat Kasey scharf auf die Bremse. Sie verlor erneut den Halt und wurde im Kofferraum hin und her geschleudert, die Schaufel polterte und rutschte ans andere Ende. Sie war nun wieder genauso unerreichbar wie zuvor. *Scheiße! Alles ist umsonst gewesen.* Entgegen ihrer Hoffnung wurde die Fahrt aber nicht wieder aufgenommen. Kasey hatte mittlerweile sogar den Motor abgestellt, und näherte sich dem Kofferraum. *Ist es denn schon so weit?*, dachte sie panisch. Die gesamte Zeit über hatte sie den unvermeidbaren Moment hinausgezögert, und sich keine Gedanken mehr darüber gemacht. Und jetzt war es so weit. Sie lag reglos in der Dunkelheit, als die Kofferraumklappe geöffnet wurde. Kasey leuchtete ihr mit der Taschenlampe mitten ins Gesicht und rief:

»Aussteigen.«

Sie leistete seinem Befehl augenblicklich Folge, denn sie hatte Angst vor den Konsequenzen, die sie erwarten würden, wenn sie das nicht tun würde.

»Wir sind da«, murmelte er.

»Ein tiefer Wald. Niemand, der uns stören kann... Perfekte Voraussetzungen, findest du nicht auch?«

Madison nickte nur. Sie konnte und wollte nichts sagen, sie wollte jetzt nur noch eines: Überleben! Irgendwie. Es fühlte sich merkwürdig an, plötzlich wieder festen Boden unter den Füßen zu haben. Im Wald war es angenehm kühl, und der leichte Wind trocknete schnell den Schweiß, der sich auf Madisons Stirn gebildet hatte.

»Mhhmm...«, setze sie an, scheiterte jedoch erneut an dem Klebeband.

»Wenn du schreist, wirst du alles nur noch viel schlimmer machen. Ich löse das Klebeband jetzt. Okay?«

Madison nickte. Kasey entfernte daraufhin mit einem Ruck das Band, was sie schmerzerfüllt aufstöhnen ließ.

»Was gibts?«, fragte er desinteressiert.

»Was hast du mit mir vor, Kasey?«

Sie drehte sich zu ihm um und sah ihm direkt in die Augen. Sie funkelten... er wirkte auf sie nahezu wahnsinnig. *Er hat sich nicht mehr unter Kontrolle! Der würde jetzt jeden abschlachten, der sich ihm in den Weg stellt.* Sie schluckte panisch. *So wie Derek.* Sie hatte den Studenten zwar nicht besonders gemocht, dennoch bedauerte sie seinen Tod, eben weil er absolut unnötig gewesen war. *Er war nur zur falschen Zeit am falschen Ort gewesen. Niemand hat so ein Ende verdient. Wäre ich damals doch nur zur Polizei gegangen und hätte Kasey angezeigt...* Sie wusste genau, dass es nichts brachte, sich jetzt, in dieser Situation, Vorwürfe zu machen, tat es aber trotzdem. *Natürlich habe ich eine gewisse Schuld daran. Ich war wohl einfach zu blind.*

»Wenn du dich ruhig verhältst, würdest du uns beiden sehr weiterhelfen, oder vielleicht auch eher dir, denn dann darfst du nämlich noch ein paar Minuten länger am Leben bleiben.«

Er lachte auf. *Krankhaft und pervers*, dachte Madison.

»Folg mir einfach. Du wirst schon noch früh genug sehen, was dich erwartet.«

»Und was, wenn nicht?«

Madison wollte gar nicht, dass diese Worte ihren Mund verließen und dachte erst viel zu spät über die möglichen Konsequenzen nach. Sie kniff erschrocken die Augen in Erwartung eines weiteren Schlages zusammen, doch dieser blieb überraschenderweise aus.

»Du bist offenbar ziemlich gerissen. Das gefällt mir. Los.«

Er gab den Weg vor, und sie folgte ihm widerwillig. Sie wusste genau, dass sie jetzt keine andere Chance mehr hatte. *So etwas wie gerade eben darf dir nicht noch einmal passieren... Reiß dich zusammen, Madison!* Er führte sie jetzt tief in den Wald hinein. Sie passierten die ersten Bäume, bevor das Gestrüpp zunächst immer dichter zu werden schien. Kurz darauf hatten sie jedoch eine Lichtung erreicht. Im Licht der Taschenlampe war jetzt eine von Bäumen umringte Wiese zu sehen. *Doch...* Madison rieb sich die Augen. *...sind da etwa Menschen?* Sie sah in der Ferne den schwachen Schein eines Lagerfeuers. *Das ist meine letzte Chance.* Kasey hatte derweil nur noch Augen für sie. Er schien das Geschehen um sich herum vollkommen ausgeblendet zu haben, und je tiefer sie ihm in die Augen sah, desto offensichtlicher wurde sein wahnsinniger Blick für sie.

»Leg dich auf den Boden!«, rief er keuchend.

Für ihren Geschmack fast etwas zu laut. Plötzlich keimte wieder Hoffnung in ihr auf. *Haben die uns vielleicht gehört?* Doch innerhalb weniger Sekunden verschwand diese Hoffnung auch schon wieder. *Den kann jetzt keiner mehr stoppen. Ich muss es vielleicht trotzdem riskieren...* Madison schrie sich die Seele aus dem Leib. Sie stieß Kasey von sich, und dieser verlor den Boden unter seinen Füßen und fiel ins Gras. *Lauf!* Sie nutzte den kurzen Moment, den sie hatte, und legte an Tempo zu.

»Du elendes Miststück!«, schrie Kasey außer sich vor Wut.

»Warte ab, bis ich dich in die Finger kriege!«

Sie hatte ihr Ziel jetzt klar vor Augen. Je näher sie dem schwachen Schein des Lagerfeuers kam, desto sicherer fühlte sie sich. Es dauerte nicht lange, bis sie die Lichtung hinter sich gelassen hatte. Sie betrat nun wieder den Wald, und ihr Ziel kam immer näher. Sie drehte sich ängstlich um, doch Kasey war zum Glück noch weit entfernt, er konnte offenbar nicht mit ihr mithalten. Als Madison die Feuerstelle fast erreicht hatte, sah sie drei schwache Schatten, und hörte eine Frauenstimme. Sie konnte die Worte zwar nicht verstehen, doch es klang so, als würde diese telefonieren. *Ruft sie vielleicht schon die Polizei? Haben die mich bemerkt?* Plötzlich stand eine der Personen auf und kam näher auf sie zu. Madison verlangsamte ihren Lauf, denn sie wollte auf keinen Fall einen gefährlichen Eindruck erwecken.

»Er wollte mich vergewaltigen. Helfen Sie mir!«, rief sie verzweifelt.

Sie drehte sich um und sah, dass Kasey immer noch ein gutes Stück entfernt war, aber er holte jetzt natürlich mehr und mehr auf. Vor ihr stand eine ältere Frau. Sie hatte helle Haare und wirkte auf den ersten Blick sehr freundlich. Doch die Axt, die sie in den Händen hielt und die Madison immer näher zu kommen schien, bewies genau das Gegenteil.

Kasey stöhnte wütend auf. *Diese dreckige Schlampe!* Er keuchte, wartete kurz und holte dann erneut tief Luft. *Was bildet die sich denn ein? Was hat sie jetzt vor?* In der Ferne wurde es immer heller. Sein Blick löste sich von Madison und wanderte etwas weiter nach vorne. *Ist das ein Feuer?* Er wurde sofort misstrauisch. *Sind hier etwa noch andere Menschen?* Er verfluchte die ganze Situation, konnte sich dann jedoch trotzdem ein Grinsen abringen. *Dann macht mein Messer eben noch Bekanntschaft mit ein paar anderen Leuten. Auf ein oder zwei mehr kommts jetzt auch nicht mehr an.* Voller Vorfreude wagte er sich ein paar Schritte näher heran. Madison wirkte auf ihn irgendwie hektisch und panisch. Eine der Personen hatte sich jetzt von dem Platz direkt vor dem Lagerfeuer erhoben und ging in ihre Richtung. *Diese Chance muss ich unbedingt nutzen.* Er verlangsamte seine Schritte und schlich sich jetzt vorsichtig näher an die Feuerstelle heran. Seine rechte Hand verkrampfte sich um den Griff des Messers. Plötzlich ertönte ein Schrei, direkt von der Feuerstelle. Madison und die andere Person standen etwa fünfzig Meter davor. *Was ist da los?* Er wurde stutzig, ging jedoch trotzdem mit langsamen Schritten immer weiter auf das Licht zu. *Ich muss mich anschleichen und sie dann im perfekten Augenblick erwischen. Wobei Madison ja ganz genau weiß, dass ich hinter ihr her bin.* Das Gras unter seinen Füßen fühlte sich feucht an, und je näher er Madison und der unbekannten Person kam, desto aufgeregter wurde er. Die Dunkelheit war zwar ein gewisser Vorteil, doch diese verschwand mit jedem Schritt, den er sich weiter nach vorne wagte.

»Er wollte mich vergewaltigen!«

Kasey konnte nun auch Madisons Stimme ganz deutlich hören.

»Helfen Sie mir!«

Die andere Person, deren Schemen Kasey nur vage im Schein des Feuers erkennen konnte, sprach ein paar Worte zu ihr, die er allerdings nicht verstehen konnte. Dann rannte er los. Ein paar Sekunden später hatte er Madison bereits erreicht. Sie schrie gellend auf, als er sie von hinten packte und zu Boden riss. Das Letzte, was er sah, war, wie die Axt auf ihn zuflog. Kasey bemerkte jedoch zu spät, wie sich die Klinge in seinen Hals bohrte. Dass sein Kopf etwa fünf Meter entfernt im feuchten Gras auf der Lichtung landete und sein Torso auf den Boden sackte, bekam er gar nicht mehr mit.

Es folgten weitere Schreie. Dieses Mal war William sich ganz sicher, dass sie nicht von Marcus stammten. *Was ist denn nur hier los?* Er erhöhte sein Tempo noch einmal und rannte über die Lichtung. Das Gras fühlte sich feucht an, und er versuchte, irgendwie auf den Beinen zu bleiben, rutschte jedoch weg. Als er den Wald erreicht hatte, stolperten seine Füße über etwas auf dem Boden, was ihn komplett aus dem Gleichgewicht brachte. Er stürzte. *Scheiße!* Er hoffte, dass sie ihn nicht gehört hatten, es gab aber zum Glück auch nichts, was darauf hindeutete. Das Feuer erhellte die Umgebung zumindest ein wenig, und William drehte sich um, um einen Blick auf das werfen zu können, was ihn zum Stolpern gebracht hatte. Als er erkannte, was es war, wandte er sich direkt wieder ab, beugte sich vor, und übergab sich. Es war ein abgetrennter Kopf. *Was zur Hölle geht hier vor sich?* Er hatte zwar auf den ersten Blick gesehen, dass es nicht Marcus' Kopf war, trotzdem gefiel ihm die ganze Situation ganz und gar nicht. *Ich muss hier unbedingt wieder weg... Wir müssen hier weg!* Da er vorhin Marcus' Schrei gehört hatte, wusste er, dass dieser zumindest irgendwo ganz in der Nähe sein musste. *Okay, ich muss also zum Feuer.*

Als er erwachte, stieß Marcus einen lauten, gellenden Schrei aus. Seine Gesichtshaut brannte wie Feuer... und er spürte Blut, das gefühlt aus allen Poren aus ihm hinauslief. Er wollte seine Augen nicht öffnen, tat es aber doch irgendwann, und blickte Grace direkt in die teuflischen Augen. Sie grinste, bleckte ihre scharfen Zähne und ließ ihre rechte Hand erneut in Richtung seines Gesichts fahren. Die Klinge des Taschenmessers bohrte sich in seine Haut, und er merkte wie sie sich langsam abschälte. Die Schmerzen übermannten ihn schon bald darauf vollständig, und er hatte einfach keine Kraft mehr, um sich zu wehren. Jedes einzelne Körperteil schmerzte. *Was passiert hier nur?* Als Grace sich zu ihm hinunterbeugte und an seiner Haut zog, verlor er erneut das Bewusstsein. Er spürte nur noch diesen heißen sengenden Schmerz, und konnte fühlen, wie sich die kühle Nachtluft mit der Hitze des Feuers vereinte und tief unter seine Haut drang.

Grace zog dem bewusstlosen Marcus die gesamte Haut vom Gesicht. Er regte sich nicht mehr, daher wusste sie nicht, ob er bereits tot oder nur halbtot war. Es war ihr auch egal, denn sie wusste, dass er diese Nacht sowieso nicht überleben würde. Die ältere Frau hatte sich während der Schreie nicht einmal umgedreht, denn sie beschäftigte sich gerade mit einer anderen Person, die irgendwie zu ihnen gestoßen war. Diese wirkte aufgeregt und panisch. Grace verstand allerdings nur einige wenige Fetzen von dem, was sie sagte. Das Wort *Vergewaltigt* drang bis zu ihr vor. Sie grinste. Es war bisher ein so wunderbarer Abend gewesen, alles lief genauso, wie sie es gewollt hatte. *Mal schauen, wann uns sein Kollege, dieser William, erreicht.* Sie war sich sicher, dass er den Schrei gerade gehört hatte. *Er wird sich bestimmt schon ganz in der Nähe befinden.* Das, was sie gerade tat, fühlte sich so unfassbar für sie an. Grace wandte sich wieder dem leblosen Marcus zu und begutachtete sein Gesicht. Sie konnte jetzt die Knochen sehen, lachte auf und senkte ihren Mund zu ihm hinab. Dann bleckte sie ihre Zähne und biss ihm genau in den Nacken. Ein letzter Ruck fuhr durch seinen Körper, er bäumte sich kurz auf, verlor dann jedoch wieder das Bewusstsein. *Perfekt*, dachte Grace. *Er ist noch nicht tot, sondern wird bald wieder erwachen. Und dann will ich Williams Gesicht sehen.* Plötzlich vernahm sie einen lauten Schrei. Sie hob ihren Kopf und blickte in die Richtung, in der die alte Frau stand. Diese hielt die Axt jetzt plötzlich nicht mehr in der Hand, und Grace konnte auch nicht sehen, wo diese sich jetzt befand.

»Verena?«

Sie drehte sich suchend um.

»Was ist los?«, fragte Grace.

»Eine kleine Störung, nichts Dramatisches.«

Verena holte mit ihrer linken Hand aus. Die Klinge des Messers blitzte silbern im Schein des Lagerfeuers auf. Mit unerwarteter Kraft rammte sie das Messer bis zum Heft in den Hals der Person, die vor ihr stand. Diese sackte augenblicklich zu Boden, und versuchte mit ihren letzten panischen Bewegungen, das aus ihrem Hals austretende Blut zu stoppen, scheiterte jedoch kläglich.

»Wer war das?«, fragte Grace keuchend.

»Ach niemand.«

Verena winkte ab.

»Nur eine unerwünschte Beobachterin.«

»Zur Hölle mit ihr«, murmelte Grace.

»Dafür ist es jetzt schon zu spät. Das hätten wir wohl früher regeln müssen.«

Verena lachte auf.

»Jetzt fehlt nur noch dieser William… danach muss ich auch wieder weg, Grace. Mich darf hier niemand sehen. Die Polizei fahndet nämlich noch immer mit Hochdruck nach mir.«

»Aber wir müssen das Ganze noch beenden.«

»Das werden wir. Da kannst du dir sicher sein.«

»Wir müssen uns aber auch um ihn kümmern, denn er wird bald erwachen.«

Sie deutete auf den reglosen Körper von Marcus Young.

»Das schaffen wir schon. Wenigstens haben wir jetzt nur noch zwei Belastungen und nicht vier.«

»Da hast du auch wieder recht.«

»Gib mir bitte die Gesichtshaut«, forderte Verena sie auf.

Grace griff nach der Haut und reichte sie ihr. Sie fühlte sich immer noch warm und glitschig an.

»Was hast du damit vor?«

»Das wirst du gleich sehen. Vertrau mir.«

Verena Williams hatte die Tage nach den Ereignissen in der Lagerhalle damit verbracht, ständig auf der Hut zu sein. Das musste sie auch, denn sie wusste, dass die Polizei noch immer hinter ihr her war. *Doch die werden mich nicht finden. Zumindest vorerst nicht.* Ihren Laptop, ihr Kontrollzentrum sozusagen, trug sie ständig bei sich. Noch bevor damals alle zehn Personen in die Lagerhalle gebracht worden waren, hatte sie Kameras an allen möglichen Stellen installiert. Natürlich so, dass keiner etwas mitbekommen hatte. Jetzt, es war mittlerweile schon neunzehn Uhr, saß sie vor dem Bildschirm und sah sich die Aufnahmen des gesamten Tages an. Sie hoffte, dass irgendetwas passiert war, hoffte, dass irgendjemand die Lagerhalle aufgesucht hatte. Die mysteriöse Nacht war nun schon dreizehn Tage her. Sie hatte jeden einzelnen Tag gehofft, dass etwas passieren würde, und nun war es tatsächlich endlich so weit. *Unfassbar.* Verena grinste in sich hinein, sah die beiden Personen auf dem Bildschirm und bekam kurz darauf sogar die Namen mit. *Grace und Daniel. Was für ein tolles Paar!* Sie spulte etwas vor, und sah nun, wie Daniel den unterirdischen Gang betrat. *Okay, es gibt Arbeit. Sehr schön.* Sie klappte den Bildschirm herunter, legte die Bettdecke zur Seite und stand dann auf. Ihre Schuhe befanden sich neben der Tür, sie hatte ihr Zimmer in letzter Zeit nur noch verlassen, um morgens und abends etwas essen zu gehen. Sie warf einen Blick auf ihre Armbanduhr. 19:05 Uhr. *Ich sollte mir vielleicht noch etwas zu essen einpacken. Das könnte nämlich eine lange Nacht werden.* Die letzten Tage hatte sie nichts mehr von der Polizei gehört, aber sie wusste dennoch, dass man ihr bereits dicht auf den Fersen war. *Und alles nur wegen diesem beschissenen Idioten namens Charles Reinhart. Dieses Arschloch hat echt nichts anderes als den Tod verdient.* Der Cop hatte wirklich ganze Arbeit geleistet, er hatte seinen Kollegen ihr Aussehen genauestens geschildert. Verena hatte sofort gewusst, dass sie nicht mehr in ihrem Container hatte bleiben können, denn die Gefahr, aufzufliegen, war einfach zu groß gewesen. Sie hatte unbedingt weggemusst, und das hatte sie auch direkt am nächsten Tag getan. Sie hatte so schnell sie konnte unter dem Namen *Elizabeth Bingham* im *Desert Inn* eingecheckt. Sie hatte den Nachnamen bewusst gewählt, denn sie dachte immer, wenn sie die Zeit dazu hatte, über ihre Anfänge nach, und über den Wandel in ihrem Leben. *Riley, Drake und Shawn.* Alle Personen, die ihr Leben bisher geprägt hatten, waren nun tot. Nur sie hatte es geschafft, sie hatte die ganzen Strapazen überlebt, wieder und wieder. *Ich bin halt ein ganz, ganz harter Knochen.* Sie verließ ihr Zimmer, schloss ab und steckte den Schlüssel ein. Der Gang, der sich vor ihr erstreckte, war vollkommen leer. Das Treppenhaus ebenfalls, und im Restaurant herrschte auch kaum Betrieb. Das war ihr mehr als Recht, denn je weniger Leuten sie begegnete, desto höher war ihre Chance, komplett unentdeckt zu bleiben. Sie setzte sich an einen freien Tisch, der recht abgelegen war, und betrachtete die Speisekarte. Nach kurzem Überlegen entschied sie sich für etwas, was sie mitnehmen konnte, und bestellte deshalb ein Thunfisch Sandwich, ein belegtes Brötchen mit Salami und eine große Flasche Cola. Sie verließ das Restaurant wieder, ging an der schäbigen Rezeption vorbei und wollte gerade aus der Vordertür des Hotels verschwinden, als sie eine Stimme vernahm.

»Ms. Bingham?«

Verena drehte sich um und sah der Frau ins Gesicht.

»Ja bitte?«

»Sie haben nicht bezahlt.«

»Oh, entschuldigen Sie vielmals.«

Verena holte schnell ihr Portemonnaie aus der Hosentasche, wühlte darin herum und förderte hastig einen Zwanzig Dollar Schein zutage.

»Der Rest ist für Sie. Einen angenehmen Abend wünsche ich noch.«

Sie ließ die verdutzte Frau einfach stehen und verließ das Hotel wieder. Es war noch sehr warm, doch das störte Verena nicht. Die Sonne würde schon bald untergehen, und wenn das geschah, musste sie bereit sein. Sie betrat jetzt den sandigen Boden und warf einen kurzen Blick auf den Zeitungsständer, der direkt neben dem Eingang des *Desert Inn* aufgestellt war.

Dämonenjäger forschen heute in unheimlicher Lagerhalle nach. Finden sie den Ursprung der paranormalen Geschehnisse?

Sie stutzte, griff nach der Ausgabe der „RGH News" und schlug Seite drei auf. Dort war nämlich der gesamte Artikel zu lesen.

Während die Polizei fieberhaft weiter nach der Täterin fahndet, kommt heute endlich etwas Bewegung in den Fall der neun verstorbenen Personen aus der Lagerhalle. Marcus Y. und William C., von Beruf Dämonenjäger, wollen den paranormalen Geschehnissen, die vor wenigen Tagen stattgefunden hatten, nun auf den Grund gehen. „Es ist wirklich sehr aufregend. Ich habe mein ganzes Leben auf diese Chance gewartet", schwärmte Marcus Y. über das Vorhaben. William C. hingegen zeigte sich wesentlich kritischer. „Wenn dort wirklich übernatürliche Kräfte am Werk sind, wäre das natürlich der absolute Wahn-

sinn. Aber ich sehe das Ganze im Moment noch nicht so. Wir werden allerdings versuchen, die Dinge absolut unvoreingenommen zu betrachten und ihnen genau auf den Grund gehen." Heute Abend ist es so weit. Vielleicht wird es ja dann endlich Antworten für uns alle geben.*

Verena überquerte die Straße, öffnete die Tür ihres schäbigen Allante und ließ sich den Zeitungsartikel noch einmal genau durch den Kopf gehen. Dann steckte sie den Schlüssel in die Zündung und startete den Motor. *Wahnsinn.* Sie hatte den Wagen vor vier Tagen bei einem Typen gekauft, der ihr sofort merkwürdig vorgekommen war. Ein Gebrauchtwagenhändler, der sein Geld jedoch auch noch „anderweitig" verdiente, und Verena war froh gewesen, als der Deal über die Bühne gegangen war. Sie fuhr rückwärts aus der Parklücke und steuerte dann die Straße an. Der Tank war noch immer voll, denn sie hatte den Cadillac seit dem Kauf nur einmal vollgetankt und dann nicht mehr bewegt. *Für genau diesen Moment habe ich ihn gekauft.* Der Weg, den sie nun fahren musste, war nicht sehr weit, er betrug etwa sechzig Meilen. Sie kannte die Strecke nur allzu gut, denn sie führte fortwährend durch den Wald. Die Sonne sank jetzt immer tiefer, weshalb sie das Fenster auf der Fahrerseite öffnete, um ein wenig frische Luft hinein zu lassen, und streckte ihren Arm heraus. *Herrlich.* Ja, sie war überzeugt davon, dass dies eine gute Nacht werden würde. Die Fahrt war die reinste Entspannung. Voller Vorfreude stellte Verena den Allante etwas abseits der Lagerhalle ab. Sie war extra in den nächsten Waldweg eingebogen um möglichst unentdeckt zu bleiben. Es war jetzt kurz nach halb neun. Sie schlich langsam näher an die Lagerhalle heran, die im Schatten der Bäume stetig

90

größer wurde. Der moosige Waldboden wurde nun zunehmend mehr von Tannenreisig und Blättern bedeckt, und je länger ihr Weg andauerte, desto anstrengender wurde er auch. Fünf Minuten später hatte sie die Halle endlich erreicht. Sie wollte jedoch keinesfalls einfach so hinein, denn das wäre ihr viel zu riskant gewesen. *Ich muss unbedingt zu meinem Posten.* Sie umrundete das Gebäude, und als sie die Vorderseite erreicht hatte, vergewisserte sie sich zunächst, dass sie tatsächlich unbeobachtet war. *Okay. Los!* Sie schlich fünf Schritte vor, kramte das Werkzeug, das sie immer bei sich trug, aus der Tasche und öffnete damit den Gullideckel. *Der Eingang zu meinem Geheimversteck.* Die Leiter, die sie vor einiger Zeit dort angeschraubt hatte, brachte sie sicher hinunter. *Die Polizisten sind echt total bescheuert. Die haben die gesamte Lagerhalle abgesucht, aber nicht das Gelände an sich.* Es war dunkel, doch sie brauchte kein Licht, denn sie kannte den Gang in- und auswendig und fand sich darin blind zurecht. Etwa drei Minuten später hatte sie die Tür erreicht. Diese führte sie in einen Schacht hinein. Sie balancierte über den kleinen Vorsprung an der Seite einer Grube, erreichte kurz darauf das andere Ende und stand schließlich vor einer weiteren Tür. Aus ihrer Tasche förderte sie einen Schlüsselbund zutage, suchte den passenden Schlüssel und steckte ihn in das Schloss, dann öffnete sie die Tür, trat ein und knipste das Licht an. Bevor sie diesen Raum zu ihrem Kontrollzentrum gemacht hatte, war es einfach nur ein kleiner Bunker gewesen, der komplett leer gestanden hatte. Jetzt blickte sie auf mehrere Bildschirme und sah Aufnahmen aus verschiedenen Winkeln. Es dauerte etwas, bis sie Grace und Daniel gefunden hatte, denn die beiden hielten sich im unteren Teil der Halle, in den Gängen, auf. *Vor der der Hölle.* Von den beiden Dämonenjägern war nichts zu sehen, doch Verena war sich sicher, dass die Zeit kommen würde. Sie setzte sich hin, betrachtete die Aufnahmen und packte in aller Ruhe das Essen aus, was sie sich mitgenommen hatte. Das Thunfischsandwich war durchgeweicht, und als sie hineinbiss, merkte sie, wie der Saft aus dem Brot auf ihre Hose tropfte. *Scheiß drauf.* Das Salamibrötchen wollte sie sich lieber für später aufheben, denn sie hatte das Gefühl, dass der Moment, in dem sie eingreifen musste, bald kommen würde. Um punkt einundzwanzig Uhr war es dann so weit. Während Grace die unterirdischen Gänge verlassen hatte, öffnete sich die Vordertür der Lagerhalle und zwei Männer traten ein. Trotz der mäßigen Bildqualität erkannte Verena sie sofort von den Fotos wieder, die sie vor Kurzem in der Zeitung gesehen hatte. *Das sind sie! Die Dämonenjäger! Das wird bestimmt ein gewaltiger Spaß.* Sie blickte wieder auf den anderen Bildschirm und konzentrierte sich auf die offensichtlich besessene Grace. Diese schien die Veränderung sofort mitbekommen zu haben, denn sie kauerte regungslos in dem Raum neben der geöffneten Falltür. *Das läuft ja wie geschmiert!* Es dauerte eine Weile, bis sich die beiden Männer voneinander getrennt hatten. Einer von ihnen betrat nun den Raum, in dem Grace gefangen war. *Okay. Jetzt kommt es drauf an.* Sie beobachtete gebannt das Geschehen, und sah kurz darauf, wie Grace in den Wald lief. *Was hat sie denn jetzt vor?* Genau dieselbe Frage stellte sich offensichtlich auch der Mann, denn er folgte ihr nur wenig später. *Ich kann nicht länger hierbleiben.* Sie legte ihre Sachen auf den Tisch, stand auf, schloss den Raum wieder ab und verließ dann ihr Geheimversteck. *Ich muss nachsehen, was da los ist.*

92

Im Wald wurde es derweil langsam immer dunkler. Verena hatte die Stelle, an die sie Grace locken wollte, schon genau im Blick. Sie überquerte jetzt die Lichtung und sah schon von Weitem den Holzhaufen. *Das liegt hier auch schon ewig rum. Wirklich merkwürdig.* Sie war jedoch froh, dass es sich an Ort und Stelle befand, nahm sofort ein paar der Stücke und legte diese aufeinandergestapelt in eine kleine Kuhle. Dann kramte sie eine Plastikflasche aus ihrer Tasche hervor und entleerte den Inhalt auf das Holz. *Es ist immer von Vorteil etwas Benzin dabei zu haben*, dachte sie grinsend. Sie wusste selbst, wie absurd dieser Gedanke war, kümmerte sich aber nicht darum. Was war in ihrem Leben schon normal? Sie zündete nun ein Streichholz an und schon bald saß sie vor dem prasselnden Feuer. Sie machte sich keine Sorgen, denn sie wusste genau, dass das Feuer Grace irgendwann anlocken würde. Sie setzte sich hin und wartete einfach ab, bis Grace kurze Zeit später schließlich bei ihr auftauchte.

»Hilfe! Bitte helfen Sie mir!«

Die ersten, panischen Worte von Grace. Nichts wies darauf hin, dass sie besessen war. *Aber genau das ist ja auch der Trick an der ganzen Sache. Es soll zunächst ja auch keiner merken.*

»Grace, mein Name ist Verena Williams. Du dürftest mich bereits aus den Medien kennen. Ich bin allerdings keineswegs hier um dir zu helfen, denn wir beide wissen ganz genau, dass du keine Hilfe mehr brauchst.«

»Doch, bei meinen teuflischen Plänen.«

Grace leckte sich über die Lippen.

»Nur zu, ich lasse dir freie Bahn. Ich springe erst dann ein, wenn du mich brauchst.«

Verena wandte sich nun wieder von Grace ab und suchte hinter dem Holzhaufen Deckung. So aus der Nähe konnte sie das Geschehen bestens beobachten. Sie sah, wie Marcus nur wenig später auftauchte. Er und Grace hielten sich etwa einhundert Meter von der Feuerstelle entfernt im Wald auf, von daher war es für sie nicht möglich, in der Dunkelheit etwaige Einzelheiten zu erkennen. Als sie jedoch ein paar Minuten später hörte, wie Grace den Körper des Dämonenjägers über den Waldboden hinter sich her schleifte, konnte sie sicher sein, dass alles genau nach Plan verlaufen war.

»Sehr schön. Nun warten wir noch auf den zweiten.«

Bereits wenige Augenblicke später hörten sie ein Geräusch. *Ist das schon William?*, fragte sich Verena. Sie stand leise auf und versuchte, im Schein des Feuers zu erkennen, wer da vor ihr stand. Es handelte sich um eine junge Frau. Sie keuchte, sprach hektisch und wirkte so, als wäre sie gerade einen Marathon gelaufen. Das Gespräch lief eine ganze Weile, und bevor Verena überhaupt realisierte, was los war, waren der Kopf und der Torso eines Mannes bereits auf der Lichtung verstreut, während die Frau mit einem Messer im Hals auf dem Waldboden vor ihr lag.

»Heilige Scheiße. Das ging ja echt schnell.«

Sie war selbst erstaunt darüber, wie kaltblütig sie plötzlich gewesen war. *Mich jetzt zu stören ist halt ein großer Fehler.* Sie hoffte, dass es bald so weit war, und erwartete William Collister bereits.

William erreichte nur kurze Zeit später die Feuerstelle. Er sah dort zwei Frauen, eine ältere und eine jüngere. Beide kauerten neben dem Lagerfeuer und starrten gebannt in die Flammen. *Die Jüngere von beiden wird Grace sein, aber wer ist die Ältere? Und wo ist Marcus?*

»Grace?«, rief William.

»Sind Sie es?«

Die Frau hob ihren Kopf und er zuckte zusammen. Ihr Gesicht war übersät mit Narben, auf ihrer Stirn hatte sie einen langen, tiefen Kratzer dessen Blut bereits verkrustet war.

»Ja. Mein Name ist Grace Parker.«

»Wo ist Marcus?«

Sie rutschte ein Stück von der Feuerstelle weg und gab so die Sicht auf einen am Boden liegenden Körper frei. William sah fassungslos auf das Gesicht, und senkte seinen Blick dann langsam etwas tiefer. Es bestand nur aus Blut und Knochen. Anhand der Kleidung konnte er jedoch direkt erkennen, dass es sich bei der Person um Marcus handelte.

»Was ist mit ihm passiert?«, schrie er und ging näher auf Grace zu.

Er beachtete die alte Frau nicht mehr, hatte sein Ziel fest vor Augen und war kurz davor, sich auf Grace zu werfen.

»Er ist tot und wird schon bald in der Hölle schmoren.«

Ihre Stimme klang seltsam monoton und blechern.

»Und mit dir wird das Gleiche geschehen!«

In diesem Moment stürzte Verena sich von hinten auf William und riss ihn zu Boden. Er landete hart auf dem Rücken und schrie gequält auf, als er mit seiner rechten Hand die Glut des Feuers berührte. Er ließ seinen Blick langsam durch die Umgebung schweifen und entdeckte plötzlich etwas, das ihm helfen könnte. *Eine Axt!* Er robbte so schnell er konnte vom Feuer weg, streckte seine verbrannte Hand aus und versuchte verzweifelt, den Stiel zu erreichen. Es fehlten nur wenige Zentimeter. Grace hatte sich von ihm entfernt, er spürte jedoch das Gewicht der älteren Frau auf seinem Rücken.

»Was haben wir euch denn nur getan?«, keuchte er.

»Warum habt ihr Marcus so etwas Grausames angetan?«

Die ältere Frau ließ ihn nun los und kniete sich vor ihn hin. Sie befand sich jetzt genau in seinem Blickfeld. Sie hatte braune Haare, trug eine Brille mit runden Gläsern und einen schwarzen Mantel. Auf einmal passierte jedoch etwas, mit dem William nicht gerechnet hatte. Die Frau riss sich die braunen Haare vom Kopf, und zum Vorschein kamen mittellange, graue Haare. Als sie die Brille absetzte, erstarrte William vor Schreck.

»Verena Williams?«

Das Fahndungsfoto war wochenlang in den Medien zu sehen gewesen – und William hatte es sich von Anfang an gut eingeprägt. Jetzt saß diese Frau auf einmal genau vor ihm und hatte ihn in ihrer Gewalt.

»Genau die.«

Sie kramte in ihrer Tasche herum und holte eine Spritze hervor. William versuchte, sich von ihr zu befreien, trat und schlug panisch nach ihr, konnte sie jedoch nicht erreichen. Die spitze Nadel kam unausweichlich näher. *Das ist mein Ende!* Er schrie so laut wie er nur konnte. Die Nadel bohrte sich in seinen linken Oberarm, und er spürte augenblicklich, wie sein Bewusstsein nach und nach schwand. Er wollte unbedingt noch gegenankämpfen, schaffte es jedoch nicht. In den letzten Momenten, die er noch hatte, sah er Verena direkt in die Augen. Diese holte jetzt etwas hinter ihrem Rücken hervor und breitete es auf seinem Gesicht aus. Es fühlte sich seltsam glitschig und warm an. Das Letzte, was William dachte, bevor er in den Strudel der Bewusstlosigkeit versank, war, dass es sich bei diesem warmen und blutigen Ding um Marcus' fehlende Gesichtshaut handelte.

Der Krankenwagen steuerte um kurz nach zweiundzwanzig Uhr die Parkbucht der Lagerhalle an. Leonard öffnete die Beifahrertür und stieg aus. Er wartete kurz hinter dem Wagen, bis Chris ihn erreicht hatte.

»Lass uns reingehen. Ein Wunder, dass diese Halle überhaupt noch betreten werden darf.«

»Mhh«, murmelte Leonard lustlos.

Er hatte in letzter Zeit viel in der Zeitung gelesen, was diese Lagerhalle betraf. Er glaubte allerdings nicht ein einziges Wort davon, da ihm das Ganze von Anfang an surreal vorgekommen war.

»Das ist doch wohl der größte Schwachsinn. Bestimmt sind das nur wieder irgendwelche Idioten, die sich einen Scherz erlauben wollen und auch noch denken, das Ganze wäre lustig.«

»Wenn das wirklich so wäre«, meinte Chris.

»Dann wäre das aber ziemlich krass.«

»Du glaubst doch nicht etwa an den ganzen Mist, oder?«

Leonard sah ihn eindringlich an.

»Erzähl mir jetzt nicht, dass…«

»Doch ich glaube daran! So etwas kann sich doch niemand ausdenken.«

Der Kies knirschte unter ihren Füßen, und als sie die Vordertür erreicht hatten, meinte Chris:

»Egal, was jetzt passiert, Leonard, lass uns besser auf alles vorbereitet sein.«

»Es soll sich um eine verletzte Frau handeln«, erklärte er.

»Nun gut. Dann mal los.«

Sie öffneten die Tür und traten ein. Es war vollkommen dunkel in dem Gebäude.

»Hallo?«, rief Chris.

»Der Krankenwagen steht draußen vor der Tür. Können Sie mich hören…?«

Als Leonard über die Schwelle trat, spürte er plötzlich einen Stoß in seinem Rücken. Infolgedessen wurde er heftig nach vorne geschleudert. Chris zuckte erschrocken zusammen.

»Verdammt! Was war das denn?«

»Die Tür. Sie ist einfach so zugefallen.«

»Sie ist was?«

»Zugefallen.«

»Scheiße!«

Chris drehte sich um und rüttelte panisch an dem Griff der Stahltür, versuchte mit aller Macht, sie irgendwie wieder aufzubekommen.

»Verdammt, mach doch was!«, keuchte er entsetzt und sah in der Dunkelheit in Leonards Richtung.

»Lass uns erst einmal die verletzte Person suchen.«

»Und wo genau willst du suchen?«

»Ich glaube, dass ich am anderen Ende die Konturen einer Tür sehen kann. Das könnte entweder ein Ausgang oder ein anderer Raum sein.«

Chris kniff die Augen zusammen.

»Ja, jetzt sehe ich es auch. Aber denkst du, wir werden dort Erfolg haben?«

»Eine andere Möglichkeit gibt's ja wohl nicht mehr, oder?«

»Schon gut, du hast ja recht. Ich gehe nach hinten«, murmelte Chris.

»Such du am besten in der Zeit hier weiter.«

»Geht in Ordnung. Ich glaube zwar nicht, dass das etwas bringt, aber wir müssen es wenigstens versuchen.«

Sie trennten sich daraufhin und Chris durchquerte die schwarze

Finsternis der Halle. Leonard hörte nur, wie sein Kollege irgendwann die Tür öffnete und sie wenige Augenblicke später hinter ihm zufiel.

Chris tastete sich vorsichtig voran und versuchte, irgendetwas zu finden. *Nur was genau...? Vielleicht den Anrufer?* Plötzlich spürte er einen kühlen Windzug, auf den eine rasche Bewegung folgte... er wandte sich um, konnte jedoch nicht mehr verhindern, dass er brutal zu Boden gerissen wurde.
»LEONARD! AHHHH!«
Er spürte, wie ihm das Blut über den gesamten Körper lief. Die Kreatur, die aus dem Schatten auf ihn gesprungen war, senkte ihren Kopf und fletschte die Zähne. Dann öffnete sie ihr Maul und biss Chris mitten in den Brustkorb. Sie riss ihn brutal in Fetzen und schleuderte anschließend das Herz des Sanitäters in die Schwärze.

»Chris?«
Leonard wagte sich vorsichtig weiter in die Richtung, aus der der Schrei gekommen war. *Wir hätten uns nicht trennen dürfen, verdammt! Hier geht es definitiv nicht mit rechten Dingen zu.* Er wunderte sich selbst über den schnellen Wechsel seiner Meinung und wünschte sich sehnlichst eine Taschenlampe, musste sich stattdessen aber in der stockdunklen Halle allein auf seine Instinkte verlassen. *Von wo ist der Schrei gekommen?* Es war mittlerweile wieder ganz still geworden. *Chris muss hinter der Tür sein, sonst wäre sein Schrei nicht so gedämpft gewesen. Aber warum zur Hölle hat er geschrien? Was ist mit ihm passiert?* Leonard lief los, ging das Risiko ein, gegen irgendetwas gegenzulaufen, was er in der Dunkelheit nicht sehen konnte,

kam aber kurze Zeit später unverletzt an der Stelle an, an der er die Tür vermutete. Er strich über die Wand, und hoffte, irgendwie den kalten Stahl der Tür ertasten zu können, schaffte es jedoch zunächst nicht. *Wo ist denn bloß diese verdammte Tür?* Vor Verzweiflung und Frust schlug er mit der flachen Hand gegen die Wand und widmete sich dann wieder seiner Aufgabe. *Das ist doch alles nicht normal. Kann es überhaupt so dunkel sein?* Er schloss seine Augen, öffnete sie wieder und blinzelte dann drei Mal hintereinander. Nichts. Er war nicht einmal in der Lage, vage Konturen zu erkennen. *Verdammt.* Er nutzte die Wand nun als Orientierungshilfe, denn es war die einzige Möglichkeit, die er hatte. Drei Schritte später erfühlte er dann endlich den Griff der Stahltür unter seinen Fingern und atmete erleichtert auf. *Na endlich.* Er drückte den Griff hinunter und öffnete die Tür. Auch im anschließenden Raum war es unfassbar dunkel, außerdem roch es durchdringend nach Tod. Je weiter sich Leonard vorwagte, desto intensiver wurde der Geruch. Er blieb jetzt mit seinem Fuß an einem Gegenstand hängen, stolperte, und fiel auf den Boden.

»Scheiße!«

Noch immer war es komplett still um ihn herum.

»Chris? Wo bist du?«

Aufgrund des Geruches ging er von keinen guten Nachrichten aus. Er verfluchte die Dunkelheit abermals, stützte sich an der Kante auf, die ihn zum Fall gebracht hatte und erhob sich vorsichtig wieder. Sein Schienbein schmerzte, doch er biss sich auf die Zähne und versuchte weiterhin, seine Hände als Orientierungshilfe zu nutzen. Auf einmal vernahm er allerdings ein Geräusch. Es handelte sich um ein leises Keuchen, das von Sekunde zu Sekunde lauter wurde. Zehn Sekunden später schien es den gesamten Raum zu erfüllen, und Leonard schrie voller Panik:

»WAS ZUR HÖLLE IST HIER LOS?«

Doch er kam einfach nicht gegen das Keuchen an. Kurz darauf spürte er, wie ihn etwas an den Beinen packte und nach hinten zog, und merkte, wie der Boden unter seinen Füßen verschwand. Er fiel. Die Landung war so hart, dass ihm für kurze Zeit die Luft wegblieb. Seine Wirbelsäule brach und er schrie schmerzerfüllt auf. Das Letzte, was er mitbekam, waren messerscharfe Zähne, die ihm das Fleisch vom gesamten Körper rissen.

Dunkelheit und ein unerträglicher Geruch empfingen William, als er erwachte. Unter seinem Rücken spürte er den kalten Beton. Er stöhnte gequält und richtete sich auf. Seine Augen wurden durch irgendetwas vom Sehen abgehalten, und sein Gesicht fühlte sich unfassbar heiß an. Er tastete nach seiner Stirn und zog eine weiche Schicht ab, die sich dort befand. Er würgte angeekelt, als er erkannte, was er da in der Hand hielt. *Das ist Marcus' Gesichtshaut.* Er blickte sich erschrocken um und bemerkte im Augenwinkel plötzlich einen dunklen Schatten. Ruckartig drehte er sich in die Richtung. Es war Marcus. William sah den leblosen Körper seines Kollegen dicht neben ihm liegen. Sein Blick ging nun zur Decke und dann wieder hinunter. *Wo bin ich hier?* Vor ihm befanden sich Gitterstäbe, er war in einem etwa zwei Quadratmeter großem Raum eingesperrt. Die Decke war nur knapp einen Meter hoch, weshalb er sich nicht einmal aufrichten konnte. William robbte langsam nach vorne, griff nach den Gitterstäben und versuchte, sie irgendwie auseinander zu biegen. Er scheiterte jedoch kläglich. Verzweifelt schlug er gegen das Metall, bis er sich schließlich hinlegte und tief durchatmete. Er hob seinen Kopf, stieß ihn sich an der viel zu niedrigen Decke und stöhnte schmerzerfüllt auf. *Scheiße!*

»Hallo? HALLO!«

Er schrie voller Verzweiflung, und hörte, wie seine Stimme von den Wänden widerhallte. Er wagte sich weiter vor, trat gegen die Metallstreben, merkte aber sofort, wie eine Welle des Schmerzes durch seinen Fuß schoss. Er lehnte sich zurück und schloss erschöpft die Augen. *Okay William. Du musst jetzt einfach nur ruhig bleiben.* Doch das war einfacher gesagt, als getan. William blieb tatsächlich ruhig, als Marcus die Augen öffnete. Er blieb auch noch ruhig, als sein Kollege den Kopf hob. Als sich dieser jedoch auf ihn stürzte und seine messerscharfen Zähne in seinem Gesicht versenkte, schrie er doch noch ein letztes Mal gequält auf, bevor er starb.

ENDE

ALLE BÜCHER DES AUTOREN

SPURLOS

2005: Lewis, Janet, Jeff und Liz erhoffen sich ein Abenteuer, ein Wanderurlaub in den Bergen – genau nach ihrem Geschmack. Trotz einiger beängstigender Vorkommnisse während der Fahrt in die Berge entscheiden sie sich, zu bleiben. Als sie allerdings auf die Rucksäcke einer verschollenen Wandergruppe stoßen und nach und nach mysteriöse Anzeichen auf deren Verbleib finden, beginnt ein Albtraum, aus dem es kein Entrinnen zu geben scheint...

1995: Idyllische, weite Wälder und glasklare Seen. Nichts anderes wollen Marcel, Inge, Matthias, Gudrun, Alexander und Ralf, als sie sich dazu entscheiden, einen Urlaub in den Bergwäldern zu machen.

Doch dann verliert sich jede Spur von ihnen...

DAS GEISTERHAUS

Die vier Jugendlichen Marc, Blake, Jay und David wagen gemeinsam mit dem Einsiedler Joseph, Jays Bruder Danny und seinem Freund Neal einen Ausflug zu einem „Geisterhaus", um das sich zahlreiche Mythen ranken. Doch als sie eines nachts das Haus betreten, beginnt ein Albtraum, der nie zu enden scheint. Denn das Haus lebt. Und es sucht sich seine Opfer...

LAGER DER FINSTERNIS

Zehn Personen wachen in einer verlassenen Lagerhalle auf. Zunächst können sie sich nicht erklären, wie sie dort hingelangt sind. Doch als ein Teil der Gruppe auf ein System unterirdischer Gänge stößt, entfesseln sie ein Grauen, das die Grenzen jeglicher Vorstellungskräfte überschreitet.

AUF DÄMONENJAGD IM LAGER DER FINSTERNIS

Die Dämonenjäger Marcus Young und William Collister verbringen eine Nacht in der Lagerhalle, in der sich vor kurzer Zeit erst schreckliche Dinge zugetragen haben. Sie installieren eine Kamera, um die paranormalen Geschehnisse per Video zu dokumentieren. Als Marcus in einem der Räume auf eine apathisch wirkende Frau stößt und wenig später verschwunden ist, begibt sich William auf die Suche nach ihm. Die deutlichste Spur führt tief in den Wald...
Währenddessen läuft die Kamera. Und zeichnet schreckliche Dinge auf...

ARIZONA SPLASH

Bei der Eröffnungsfeier des *Arizona Splash*, einem riesigen Schwimmbad mit Außenpools, Saunas und Rutschen, werden zwei junge Leute entführt. Ihnen steht eine Nacht des Grauens bevor: im Inneren des Schwimmbades müssen sie sich nicht nur mit ihren sadistischen Peinigern auseinandersetzen, sondern auch mit einer Gefahr, die aus den Tiefen eines geheimen Kellerganges zu kommen scheint.

WILLKOMMEN IN KINMARK

Kurz vor Dienstschluss wird Officer Gilbert Smith zu einem Einsatz gerufen: der Fahrer einer Dodge Viper befindet sich nach einem Unfall auf der Flucht. Eine Verfolgungsjagd und ein darauffolgender Unfall führen den Officer über den Highway tief in die Solven-Hills und das beschauliche Dorf Kinmark. Je tiefer er in die Geheimnisse des Ortes vordringt, desto deutlicher wird ihm, dass er sich in einer tödlichen Falle befindet, aus der es kein Entrinnen zu geben scheint...

CAMP SEASIDES MÜHLENSCHATZ

Die vier Freunde Jaxon, Natalia, Maxwell und Laura freuen sich auf einen mehrtägigen Campingurlaub auf dem Gelände des *Camp Seaside*, einem Platz mit einem Badesee und einer alten Getreidemühle. Bei einem Rundgang im Wald entdecken sie einen Brief, der ihnen einen Schatz in den Tiefen der Mühle verspricht. Sie lassen sich auf die Suche ein - und beginnen damit ein Spiel, bei dem eine Menge Blut fließen wird. Denn im Inneren der Mühle lebt der Tod. Und er fordert seinen Tribut…

FENNERLEYS GRAUEN

Aus dem einst belebten Dorf Fennerley verschwanden vom einen auf den anderen Tag alle Einwohner spurlos. Ein sechsköpfiges Forschungsteam macht sich daran, den Begebenheiten auf den Grund zu gehen. Die Suche gestaltet sich als sehr schwierig – bis dem Team ein Durchbruch gelingt, der jedoch schwerwiegende Folgen zu haben scheint…

CRETHRENS – VERLOREN IN DER EISWÜSTE

Der jugendliche Oskar findet sich inmitten einer gigantischen Eiswüste mit neunzehn anderen Jugendlichen wieder. Schon bald erkennen alle, dass sie sich in einem perfiden Test befinden, bei dem es nicht nur um das blanke Überleben geht...

CRETHRENS – DIE FESTUNG VON GHIRON NAGH

Nach den Geschehnissen in der Eiswüste, die jeden einzelnen verändert haben, landen die Überlebenden mit einem Helikopter in einer verlassenen Stadt. Sie finden eine Karte und entscheiden sich dazu, zwei Orte aufzusuchen: eine mittelalterliche Festung und die unterirdische Stadt Ghiron Nagh. Alles scheint nach Plan zu laufen – bis das Schicksal wieder gnadenlos zuschlägt...

CRETHRENS – ODYSSEE NACH EHYGEA

Das Königreich Ehygea war einst ein Ort mit blühenden Landschaften, rauschenden Flüssen und endlosen Weiten. Eines Tages wurde der Ort von einer schrecklichen Katastrophe heimgesucht – seitdem besteht dieser nur noch aus finsterem Ödland. Die Überlebenden drängen nach und nach in die Geschichte des düsteren Ortes vor – und müssen feststellen, dass ein großer Kampf um Leben und Tod bevorsteht, der über die Zukunft des gesamten Planeten entscheidet.